KB075262

내 안에
삶의
나침반이
있다

네 안에
삶의
나침반이
있다

글 법상 | 그림 용정운

아름다운 인연

서문

삶은 얼마나 아름답고 장엄한가

우리가 살아가고 있는 이 삶은 지금 이대로, 전혀 바꿀 필요 없이 이미 완벽하다. 삶을 아름답게 바꾸기 위해, 혹은 세상을 바꾸기 위해 노력을 가해야 할 필요조차 없다. 이 근원의 완전성에는 전혀 손댈 일이 없기 때문이다.

이러한 삶 위에서 우리가 해야 할 일은 그저 이 아름다운 지구별의 풍경을 여행자가 되어 구경하고 누리며 주어진 시간 동안 즐겁게 체험하는 것이 전부다. 그렇다. 이 아름다운 지구별에서의 여행을 그저 충분히 만끽하며 있는 그대로 체험할 수만 있다면 이곳에서의 삶은 완벽하게 경험될 것이다.

물론 이 완벽하다거나 장엄하다는 말도 하나의 방편일 뿐, 이 우주는 그저 있는 그대로 자연스러워 아무 일도 없다. 확연무성(廓然無聖)! 크게 자연스러워 성스럽다고 할 것조차 없다. 좋다거나 나쁘다고

할 그 어떤 티끌도 없다.

　그러나 사람들은 이 텅 빈, 무어라 말로 할 수 없는 '이것'을 대상으로 제 스스로 실제성을 부여해 이 세상을 자기 식대로 그려내기 시작했다. 지금 이 삶처럼 경험되는 이것이 하나의 여행이며 놀이이며 꿈 같은 가상 현실이란 사실을 알지 못한 채, 이것이 진짜인 줄 알고, 영원히 이곳에 머물 줄 알고, 거기에 사로잡혀 집착함으로써 스스로 괴로움을 만들어 낸다. 또 이것과 저것 중에 어떤 것이 더 좋은지를 구분해서 더 좋은 일에 집착하고, 집착한 것을 얻지 못했다며 괴로워한다.

　이런 것들은 우리의 의식이 만들어 내는 허망한 착각에 불과하지만 그러한 사실을 모른 채, 자신이 지금 무슨 일을 꾸미고 있는지에 대해 전혀 눈치 채지 못하고 있다. 그러면서 삶이 괴롭다고 하소연하고, 이 모든 것이 바로 너 때문이라고 책임 전가하며 세상으로 그 탓을 돌리고 있다.

이처럼 본래 자유로웠던 존재가 이 완벽한 삶 위에서 한바탕 즐거운 꿈의 놀이를 즐기지 못하고 조금씩 스스로를 옭아매면서 정신적인 감옥, 허망한 분별의 올가미 속에 스스로를 가두고 만다. 결국 우리의 삶은 불완전하고, 불안하고, 두렵고, 괴롭고, 외롭다는 환상에 빠지기 시작한 것이다.

이 책에는 우리가 살아오면서 어떻게 스스로를 속박시켰는지, 어떻게 허망한 착각을 일으키게 되었으며, 그로 인해 우리의 삶이 어떻게 고통받게 되었는지에 대한 작은 통찰을 담고자 했다. 또 그렇게 오염되기 이전의 본래의 존재와 우주는 어떠했는지에 대한 이야기이며, 조금 더 구체적으로는 이 지구별에서의 여행은 어떻게 해야 하는지, 어떻게 사는 것이 진리답게 사는 것인지 등에 대해 작은 깨우침을 담고자 노력했다. 그리고 결국, 삶의 방향은 어디를 향해야 하는가에 대한 삶의 근원, 깨달음, 진리에 대한 이야기로 여러분을 안내하고자 한다.

이 책과 인연된 분들이 자신에게 이미 주어져 있는 놀라운 근원적 행복에 눈뜨고, 자신이라는 존재가 이토록 장엄한 존재였음을 깨달으며, 확연무성하게 텅 비어 아름다운 이 지구별에서의 여정에 눈부시게 깨어날 수 있기를 바래 본다. 나아가 이 책이 다가올 제2의 선의 황금기, 깨달음의 시대를 준비하며 자신의 본성에 한 걸음 다가설 수 있는 작은 씨앗이 될 수 있기를 간절한 마음 담아 발원해 본다.

2016년 12월

법상 합장

차례

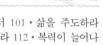

가슴 뛰는 삶을 살아라
하지만 전부를 걸지는 마라

당신이
이 지구별에 온 이유

육도 중 인간계만이 유일하게 깨달음을 얻을 수 있는 곳이다.
인간계에 태어났다는 것은
억겁에 없을 소중한 기회를 얻은 것이다.
고작 돈, 명예, 권력을 얻으려고 애쓸 시간이 없다.
고(苦)를 벗어나 지혜를 배우고 성장하며, 깨달음에 이르는 것,
그것이 바로 당신이 지구별에 온 목적이다.

초기경전에 보면 인간들이 천상 세계에 살다가 내려오게 되었다는 이야기가 나온다. 인간계는 이 우주에서 아주 독특한 존재들이 살아가는 곳이다. 육도윤회의 세계 중 인간계만이 업을 적극적으로 지을 수 있고, 또한 수행을 통해 깨달음에 이를 수도 있다.

그런 이유 때문에 고해(苦海)라고 불리는 고통스런 삶의 환경에도 불구하고 천상 세계의 하늘 신들은 인간으로 태어나기를 희망한다고 한다.

천상 세계의 즐거움만을 계속해서 누리다 보면 그것도 지루해지는 것이다. 그러다 보니 '정말 이것이 다일까?', '무언가 또 다른 높은 삶의 길이 있지 않을까?' 하고 의문을 품는 이들이 생긴다. 마음을 내는 자에게는 그 길이 보일 수밖에 없듯이, 그런 의문을 품은 이들에게 한줄기 희망의 땅이 보이는 것이다. 그곳이 바로 지구별이라는 인간계다.

인간계의 특징 첫째는 괴로움이 끝이 없는 고해라는 점인데, 그것을 다 상쇄하고도 남을 또 하나의 특징이 있다. 바로 그 고통스러운 삶을 통해 지혜를 배우고 깨달아 갈 수 있다는 점이다. 인간계를 인토(忍土), 혹은 감인토(堪忍土)라고도 한다. 고통을 감내하고 참아 내는 세계란 뜻이다. 그렇다고 무조건 나쁜 곳이기만 한 것은 아니다. 그 고통을 통해 깨달음으로 나아갈 수 있기 때문이다. 쉽게 말해 아주 획기적이고도 빠르게 공부의 진화가 일어나고, 깨달음에 이를 수 있는 곳이 인간계다.

우리가 왜 아프리카의 오지나 네팔의 히말라야로 여행을 떠나곤 하는가? 힘든 줄 뻔히 알지만 그것을 통해 무언가를 배우고 깨닫기 위해서다. 천상 세계의 신들이 인간계로 한 생 여행을 오는 이유도 비슷하다. 천상 세계에서 수백, 수천 년을 즐겁게 사는 것보다, 인간계에서 100년도 안 되는 짧은 시간을 살며 '고통을 통한 깨달음'을 얻기 위해서이다.

인간계의 100년은 도리천의 하루이고, 1,600년은 타화자재천의 하루다. 인간계에서 100년 동안 고통을 받더라도 타화자재천 신들에게는 한 시간 반 정도의 짧은 고통에 불과하다. 그러니 그 짧은 시간의 고통이란 여행을 통해 놀라운 깨달음을 얻을 수 있다면 인간계에 오지 않을 이유가 없는 것이다.

그러나 희망한다고 다 올 수 있는 것은 아니다. 번호표를 뽑아가며 수천, 수만 년 이상을, 아니 수억 겁을 기다리고 기다려야 한다. 그만큼 영광스러운 가능성의 땅, 성장과 깨달음의 땅, 그곳이 바로 이 지구별인 것이다. 불경에서도 맹구우목(盲龜遇木) 인신난득(人身難得)이라고 하여 인간 몸을 받아 태어나는 것이 얼마나 어려운 일인지를 설명하고 있다.

이토록 인간으로 태어나는 것이 어렵다. 그런데 우리 모두는 그 어려운 일을 이렇게 해냈다! 그 수많은 경쟁률을 뚫고, 오랜 기다림을 거쳐 드디어 이 땅에 왔다. 깨달음이라는 가능성이 현실이 되는 가슴 벅찬 희망의 땅 인간계에 도착한 것이다!

왜 내려왔을까? 그냥저냥 먹고 살려고, 혹은 남들과의 경쟁에서 이기려고, 혹은 돈 많이 벌어 보려고 온 것이 아니다. 우리는 이 생로병사의 고통스런 삶을 통해 지혜를 배우고 깨닫기 위해 왔다. 그 것이 바로 우리가 인간계에 온 이유다.

고통스럽다고 신세를 한탄하고 있지는 않은가? 사는 것이 너무 힘겹다고 원망하고 있지는 않은가?

너무 원망하거나 비탄에 빠져 있지 마라. 바로 그것을 통해 배우고 깨닫고자 당신이 여기에 와 있는 것이다.

주어진 삶의 고통을 받아들일 때, 그것을 통해 깨어날 수 있는 놀라운 기회가 주어진다. 그것은 고통처럼 보이지만 놀라운 성장과 깨달음의 기회인 것이다. 그러니 이 100년도 안 되는, 타화자재천에서 보면 한 시간 반 정도밖에 안 되는 짧은 시간을 허망하게 낭비만 해서는 안 될 것이다. 아니, 그럴 시간이 없다.

고통 너머, 그 뒤에 담긴 삶의 의미를 살펴보라. 이 고통의 시간 속에서, 고를 넘어 삶을 배우며 성장하고, 깨달음에 이르는 것. 그 것이야말로 당신이 이 지구별에 온 목적이다.

타인의
시선

타인의 시선에 과하게 신경쓸수록 자존감은 떨어진다.
인정받고 잘 보이기 위해 나를 꾸미고 명품으로 치장할 때
내 힘을 외부로 넘겨주고 힘없는 사람으로 전락한다.
잘 보이려 애쓰지 않아도 당신은 있는 그대로 충분히 아름답다.

우리는 몸과 외모를 가꾸기 위해 끊임없이 노력한다. 한껏 치장을 해서 외모에 자신 있는 날에는 스스로 당당하게 느끼지만, 초라해 보일 때면 한없이 낮아지는 것 같은 생각이 들기도 한다. 비싼 명품 가방이나 자동차를 몰고 다니면 내가 높아지는 것 같은 착각도 든다.

사실 이렇게 외적인 것에 많이 신경쓰고, 관심이 많다는 것은 자존감이 낮다는 것을 의미한다. 또한 과도하게 타인의 시선에 신경을 쓴다는 것이며, 이것은 곧 타인에게 휘둘리는 의존적인 삶을 산다는 뜻이다. 이처럼 외부의 시선에 많이 휘둘리는 사람은 끊임없이 타인에게 잘 보이기 위해, 예뻐 보이기 위해, 인정받기 위해 외모를 가꾸고, 잘난 척하고, 비싼 명품으로 나를 치장한다.

그런데 이런 행위는 나를 힘없는 사람으로 전락시킨다. 내가 가진 본연의 힘을 외부로 넘겨준 것이다. 있는 그대로의 나로서는 만족하지 못하고, 타인에게 인정받을 때만 만족하게 되는 것이다. 이런 사람은 내면에 힘이 없다. 그 힘을 바깥으로, 타인에게로 다 주었기 때문이다. 그러고는 스스로 노예처럼 휘둘리는 존재로 전락한다.

모두에게 인정받을 필요는 없다. 또 그럴 수도 없다. 타인이 나를 인정해 주지 않는 것을 허용해 주라. 그는 나와 생각이 다르고, 가치관이 다를 뿐이다. 그것을 허용하지 않을 때 끊임없이 내 밖의 세상으로 인해 상처받게 된다.

부처님 당시, 마간디야(Māgandiyā)는 여인이 있었다. 쿠루국 한 바라문의 딸이었는데, 어릴 적부터 아름다운 외모로 찬사를 받았지만 성격이 오만했다. 그녀가 결혼 적령기가 되자, 아버지는 멋진 사윗감을 물색하기 시작했다. 수많은 청년들이 몰려들었지만 그녀는 만족하지 못하고 콧대만 높아갔다.

그러던 어느 날 마간디야의 아버지는 마을에서 탁발하는 부처님을 발견하고는 그 위엄 있는 모습에 놀랐다. 그래서 아름답게 꾸민 마간디야를 데리고 부처님을 찾아가 딸과 결혼해 달라고 요청했다. 부처님의 답변은 이러했다.

"아무리 아름다운 외모라 하더라도 그것은 결국 똥오줌으로 가득 차 있는 똥주머니 육체일 뿐이다. … 나는 그녀의 몸에 손가락 하나 대고 싶은 욕망이 없구나."

부처님 말씀처럼 이 몸이란 그저 똥오줌으로 가득 차 있는 똥주머니일 뿐이다. 그런 똥주머니를 치장하고 닦고 광낸다고 해서 달라질 것은 없다. 물론 외모를 꾸미고, 가꾸는 것 자체를 문제라고 할 수는 없다. 하지만 거기에 과도하게 신경쓰고 집착하는 것은 자신을 초라하게 만든다. 사실 나라는 존재 자체가 명품일 때, 외적인 것은 소소한 액세서리일 뿐이다. 누군가에게 잘 보이려 애쓰지 않아도 그대는 있는 그대로 충분히 아름답다.

점쟁이에게
내 운명을
맡기지 마라

점이나 사주에 의지하지 마라.
점쟁이에게 내 운명을 맡기지 마라.
점을 믿을 때, 나는 점괘의 노예로 전락한다.
내 삶의 모든 주도권은 언제나 내 안에 있음을 잊지 마라.

점이나 사주에 의지하게 되면 당연히 그 말에 휘둘리게 된다. 내가 내 삶의 주인이 되지 못하고 휘둘림 당하는 것이다.

얼마 전 상담했던 한 신도님께 들은 얘기다. 사업이 잘 안 풀려 점집에 가서 점쟁이를 만났는데 지금 사는 집이 안 좋아서 그런 거라고 하였단다. 그러고는 그 집을 떠나 특정한 방위로 이사를 가야 한다고 했다는 것이다. 그 신도님은 오래도록 인연 맺고 살아왔던 마을을 떠나야 한다는 말에 너무 기가 막히고 무기력해졌다고 했다. 이처럼 점을 보면 볼수록 나 자신은 더욱 무기력해지고, 내 삶의 주인이 되지 못한다.

우리의 삶은 점 따위로 알 수 있는 것이 아니다. 정해진 사주팔자는 없다. 내 스스로 어떻게 마음을 내느냐에 따라 어떤 방향으로든 가능성이 열려 있다.

사주팔자에 의지하는 순간, 자신의 삶을 스스로 창조할 수 있는 주인 자리를 점쟁이에게 내주게 된다. 그때 나는 무기력하고 힘없는 존재로 전락하고 만다.

점이나 사주에 의지하면 할수록 의존성은 늘고 삶의 주도성은 사라진다. 내 삶을 내 스스로 변화 · 발전시키고 개척할 수 있는 창조 에너지가 고갈되는 것이다.

내 운명을 점에 맡기지 마라. 어딘가에 의지하려는 마음을 내려놓으면, 내 안에 스스로 우뚝 설 수 있는 중심이 생겨난다. 힘의 원천이 내 안에 깃든다.

가슴 뛰는 삶을 살되
거기에 전부를 걸지는 마라

어떤 일을 하고 싶다면 그렇게 하라.
그러다가 또다시 다른 일에 끌린다면 그것도 좋다.
다만, 어떤 한 가지 일도 당신을 완전히 집어삼키지 않게 하라.
인연 따라 주어진 삶의 몫에 그저 매 순간 최선을 다할 뿐.

어떤 일을 하고 싶다면 그렇게 하라. 내 가슴을 뛰게 하는 일, 나의 열정이 이끄는 일이 있다면 그것이야말로 나의 일이다. 하고 싶은 일, 그것이야말로 내가 해야 할 일이다.

물론 하고 싶은 일은 때에 따라서 달라진다. 그때그때 마음이 이끄는 일을 하다 보면 그 일을 통해 삶을 깨닫고 배우게 된다. 그러다가 또다시 다른 일에 끌린다면 그것도 좋다.

이랬다저랬다 한다고 탓할 필요는 없다. 어느 한 가지 일만이 옳다거나, 그것만이 나의 사명이라거나, 그것에 목숨을 걸면서 그것 아니면 절대 안 되는 일을 만들지 마라. 그런 것은 없다. 정해진 사명, 정해진 삶의 목적은 없다. 그렇기에 어떤 일을 해도 좋다.

당신 마음이 이끄는 일을 하라. 다만 어떤 한 가지 일도 당신을 완전히 집어삼키지 못하게 하라. 이럴 수도 있고 저럴 수도 있음을 기억하라. 그것에 전부를 걸지는 마라. 될 수도 있고 안 될 수도 있다는 사실을 인정하라.

나는 언제든
삶의 나침반을 믿는다

삶의 모든 계획은 언제든 변경 가능한 것이어야 한다.
계획은 세울지언정 그 계획에 집착하지는 마라.
매 순간 계획은 바뀔 수 있다는 가능성을 열어 두라.
내면의 나침반을 믿고 무엇이 일어나든 허용해 보라.

대학교 졸업을 앞둔 한 젊은이가 앞날은 희뿌옇고 정해진 건 하나도 없어 불안하고 두렵다고 하소연을 해 왔다.

사실 우리 삶은 정해져 있지 않기 때문에 아름다운 것이다. 정해져 있지 않다는 것은 오히려 무한한 가능성이 활짝 열려 있다는 것을 의미한다. 그런 시기를 거부하면서, 힘들다고 뛰어 넘으려 한다면 그것이야말로 젊음에 대한 직무 유기가 아닐까?

지금 젊은이들에게 필요한 것은 빨리 결정하고, 빨리 성공하는 것이 아니다. 잠시 고민하고 준비하며 불확실함 속에 머무는 것이다. 속도를 내는 시기가 아니라, 방향을 정하는 시기라는 말도 있지 않은가. 어디로 가야 할지 삶의 방향을 정할 때는, 속도는 아무런 의미가 없다. 또한 이미 정해진 대로만 생각하게 된다면, 무한한 가능성의 세계가 한정되고 축소되고 말 것이다.

남들과 비교할 필요는 없다. 늦는다고 조바심 낼 것도 없다. 나에게는 나만이 할 수 있는 나다운 방식과 속도가 있다. 지금 우리에게 필요한 것은 불확실한 혼돈의 상황이 일어나도록 허용해 주는 것이고, 그 속에서 잠시 머무는 것이다.

'지금 여기'에 이렇게 주어져 있는 현실이야말로 최고의 진실이다. 온전히 현재에 발 딛고 서 있기를 선택할 때에만 답은 주어진다. 불안한 그대로, 불확실함 그대로의 삶과 정면으로 마주하기를 선택해 보라.

혼란과 불확실함이 있는 삶을 허용할 때, 내면의 지혜가 저절로 깨어난다. 그 지혜가 어느 순간 스스로 가야 할 삶의 방향을 깨닫게 해 줄 것이다. 자기 자신을 신뢰하라. 내 안에 삶의 나침반이 있다.

잘나갈 때
정상을 찍지 마라

잘나갈 때를 조심하라.
훨훨 날 때가 있어야 하겠지만,
화려한 비상 뒤에는 언제나 휴식과 침잠이 필요하다.
삶의 정점을 성급하게 찍기 전에, 잠시 멈춰 서 보라.

좋은 일이 생길 때를 주의 깊게 살피라. 사실은 나쁜 일보다 좋은 일들이 밀물처럼 밀려오는 순간이 오히려 인생의 위기가 될 수도 있다. 좌절의 순간보다 성취의 순간에 더 주의 깊게 깨어 있으라.

나쁜 일은 미리 대처를 하게 되지만, 좋은 일에 대해서는 대처할 틈도 없이 속수무책으로 당하기 쉽다. 나도 모르는 사이에 집착하게 되고, 사로잡히고, 결국 무너지게 되기 쉬운 것이다. 일이 잘 풀릴 때, 승승장구할 때 오히려 그때를 잘 살피라.

어떤 이는 인생에서 정점을 찍지 말라고 했다. 잘나가고, 주목받으며, 훨훨 나는 시기일수록 잠시 멈춰 서는 브레이크 타임이 필수적이다. 최고의 순간에 잠시 멈춰 설 줄 아는 지혜가 필요하다. 화려한 비상에는 언제나 자만과 아상(我相), 욕망과 집착이 함께 따라오기 마련이다.

잘나갈 때 그 기세를 몰아 정점을 찍어 버리면, 그때부터는 내려올 일만이 남는다. 특히 내면적으로 준비되어 있지 않은 사람이 요행으로 유명세를 치르거나 높은 자리에 올라가게 되었다면, 더욱 바깥으로 치닫는 욕망을 잠시 멈추고, 내적으로 침잠해야 하리라.

항상 기억하라. 화려한 비상 뒤에는 언제나 깊은 쉼과 숙성의 시기가 필요하다.

누구나 한 번은
꺾이는 것이 인생

명성, 권력, 지위, 유명세, 건강, 돈은 영원하지 않다.
인연 따라 잠시 왔다 가는 것일 뿐이다.
누구나 한 번은 꺾이는 것이 인생이다.
이상이 꺾일 때, 오히려 진정한 자아를 찾을 기회가 온다.

대부분의 사람들이 겪게 되는 인생의 사이클을 보면, 20~30대를 전후로 해서 자아를 확장하고, 성공의 가도를 달리며, 물질적인 풍요도 얻는다.

40대를 넘으며 정점을 찍고, 50~60대가 되면 자아의 추락을 경험하면서 내가 작아지는 좌절감을 맛보게 된다. 건강하던 몸도 쇠약해지고, 유명세도 꺾이고, 명예도 사라진다. 돈도 못 벌고, 관심도 못 받고, 조금씩 이 사회의 아웃사이더가 되면서 한없이 자아의 상실을 경험하게 되는 것이다.

그러나 걱정 마라. 누구나 한 번은 꺾이는 것이 인생이다. 이 지구별이라는 인간계에는 생겨난 모든 것이 결국 사라진다는 특성이 있다. 이를 생멸법(生滅法)이라고 한다. 생겨난 것은 반드시 소멸한다. 생주이멸(生住異滅), 생로병사(生老病死), 성주괴공(性住壞空)이야말로 모든 존재의 행로다.

그러니 내가 작아지는 것을 두려워하지 마라. 잘나가던 인생이 꺾이는 것을 걱정하지 마라. 그것은 예정되어 있던 것이다. 사실은 전혀 놀랄 일이 아니다.

중요한 점은 바로 이 삶이 꺾이는 시기, 내가 작아지는 시기에 우리가 깨달아야 할 것이 무엇인지를 바로 볼 수 있어야 한다는 점이다. 이 시기에 지혜로운 이는 오히려 그동안 신경쓰지 못했던 진정한 자아를 찾기 위한 여행을 시작한다. 이때야말로 내가 누구인지, 진정한 자아를 찾을 수 있는 시절인연이 온다.

잘나갈 때 나에게 관심을 주고, 사랑을 주며, 나에게 잘 보이려 했던 모든 사람들이 점점 등을 돌린다. 경제력이 꺾이면 돈으로 살 수 있는 것들도 사라져 간다. 그 누구도 늙고 병들고 작아진 나에게 진정 관심을 가져 주지 않는다.

외부로부터 인정받고, 관심받고, 사랑받고자 했던 평생의 그 모든 노력이 꺾인다. 이제 비로소 내가 나 자신에게 진정한 관심을 쏟을 수 있는 시간이 찾아온 것이다. 비로소 내가 나를 만날 시간이다.

어떤가! 이런 절호의 기회가 또 어디에 있단 말인가. 완전한 절망, 바로 그 폐허 같은 자리에서 꽃은 핀다.

바깥에만 쏟았던 온 신경과 에너지를 이제부터 온전히 내면에만 쏟아 부을 수 있게 된 것이다. 그것도 저절로 아상의 소멸이란 선물이 찾아온 것이다.

지혜로운 이는 아상의 소멸로 인해 처음에 잠시 절망하겠지만, 결국 바로 이것이야말로 인생의 놀라운 선물이었음을 깨닫는다. 바깥의 상에만 치우치던 허깨비 같은 삶을 정리하고, 상 너머에 있는 참된 자아를 확인할 시간, 이 시기를 놓치지 마라. 인생의 의미를 깨달아야 할 때다.

내가 진정 누구인지를 찾으라. 마음공부하기 참 좋은 시절이 아닌가.

늙는다는 생각이
당신을 늙게 한다

늙으면 기억력도 감퇴하고 기력이 쇠한다고 믿고 있지만
뇌과학에서는 다만 그렇게 믿기 때문에 그런 것임을 밝혀냈다.
그렇다고 믿을 때만 그런 현실이 벌어진다.
심지어 자연 현상이라고 믿었던 늙음마저도.

생각이나 느낌이 있을 때 우리 뇌는 뉴로펩티드라는 화학 물질을 생성한다고 한다. 그리고 이것을 받아 주는 수용체가 뇌세포 표면에 있음을 과학자들이 밝혀냈다. 그리고 이러한 수용체가 뇌에만 있는 것이 아니라 우리 신체 대부분의 부위들에도 있다는 사실을 발견했다.

이 실험은 우리가 마음이라고 부르는 것이 뇌 속에만 있는 게 아니라는 것을 의미한다. 쉽게 말하면 온몸의 세포들에 마음이 있는 것이다. '기뻐서 날아갈 것 같다'거나, '슬퍼서 가슴이 아프다'는 말은 그야말로 말 그대로의 진실이었다.

심지어 우리가 평온함을 느낄 때 우리 몸은 제약회사에서 만드는 것과 비슷한 진정제를 생산해 내며, 신나는 기분일 때는 항암 효과가 있는 면역 분비물이 생산된다고 한다. 또한 불안감을 느낄 때는 온몸에서 신경과민 분자들이 생산된다.

이러한 사실을 디팩 초프라(Deepak Chopra)는 이렇게 설명한다.

"빈틈없이 정교한 약국이 당신 몸 안에 있다. 당신이 처방하면 당신 몸은 정확한 분량의 약을 정확한 때에 정확한 기관을 위하여 부작용 없도록 조제해서 한 봉투에 빠뜨리지 않고 담아 준다."

노화도 마찬가지다. 나이가 들면 누구나 힘도 빠지고, 이도 빠지고, 근력도 약해지고, 치매도 오고, 흰머리도 늘어나고, 기억력도 쇠퇴한다고 알고 있다. 그것이 진실이라 그렇게 아는 것이 아니라, 내가 그렇게 믿기 때문에 그것이 사실이 되는 것이다.

신경가소성은 경험과 활동의 영향을 받아 변화하는 뇌의 능력을 말하는데, 기존 연구에서는 이것을 인생의 초반부에만 나타나는 제한된 현상으로 여겼다. 하지만 현대 뇌과학에서는 신경가소성이 생의 전반에 걸쳐 지속되며 아무리 나이가 들어도 그 활동은 계속된다는 점이 증명되었다. 즉 뇌는 늙지 않는다는 것이다.

그런데 늙으면 기억력이 감퇴된다고 스스로 굳게 믿고 있는 사람일수록 신경가소성은 잘 일어나지 않는다. 즉 늙으면 치매에 걸린다거나, 기억력이 떨어진다거나, 뇌의 활동이 둔화된다는 믿음이 실제 그런 결과를 가져온다는 것이다.

결과적으로 마음은 노화도 멈추게 할 수 있다. 디팩 초프라는 자신이 정신병동에서 근무했을 때 만난 환자들 중 시간 개념이 없었던 한 여인을 예로 들었다. 그녀는 몸이 늙지 않는 듯 보였다고 한다. 실제로는 60대였지만 겉모습은 30대였다고 술회하였다.

현실에 대한, 나 자신에 대한 해석이 곧 그러한 결과를 만들 뿐이다. 내가 그렇다고 믿으면 그렇게 만들어진다.

모든 것은 우리가 '그렇다'고 믿을 때만 '그렇게' 된다. 우리가 알고 있는 마음의 힘은 이토록 강력하다. 그런데도 우리는 여전히 이 모든 것의 원천인 내부의 마음을 어떻게 다스려야 할지보다, 외부에 있는 물질세계를 어떻게 바꿀지에만 관심을 가지고 있다. 외부를 바꾸려고 애쓰면서 힘의 언저리만 맴도는 생활은 이제 끝내고, 이 힘이 드러나는 원천인 마음 그 자체에 접속해 보라.

죽음에 대한
기본 좋은 생각

죽음은 끝이 아니다. 삶은 영원하다.
삶은 꿈이고, 죽음은 꿈에서 깨어나는 것일 뿐이다.
죽음은 암담한 실패가 아닌 축복이며 하나의 선물이다.
죽음은 하나의 관념일 뿐, 근원에서 죽음은 없다.
죽음은 두려운 무엇이 아니라 장엄한 삶의 연장이다.

이 육신이 나고 죽는 겉모습에 사로잡히지 않는다면, 근원적으로 우리의 삶은 영원하다. 불생불멸(不生不滅)이다. 사실 근원에서는 아무 일도 일어나지 않는다.

꿈속에서는 모든 것이 생생한 진짜처럼 보이지만 깨고 보면 한바탕 꿈이었을 뿐이다. 어리석음이라는 무명의 꿈을 꾸고 있는 중생에게 생사가 진짜 있는 것처럼 보일 뿐이지, 지혜를 깨달아 무명의 꿈을 깬 자에게 생사는 한바탕 꿈일 뿐이다.

성공한 것처럼 보이고 실패한 것처럼 보이는 일이 있을지언정, 성공하거나 실패한 삶은 없지 않은가. 다만 우리의 의식 속에서 이러이러한 것은 성공, 저러저러한 것은 실패라고 관념지어 놓았기 때문에 성공과 실패가 경험되고 있을 뿐이다.

삶과 죽음도 마찬가지다. 산다거나 죽는다는 것은 우리의 의식 속에서 일어나는 관념일 뿐이지, 실제 나고 죽는 것은 없다. 이 육신을 나라고 여기는 자에게만 죽음이 가짜로 경험될 뿐이다. 100년도 못 살다가 없어질 육신을 어찌 참된 나라고 할 수 있겠는가. 이 몸은 내가 아니다. 이 육신이 죽을 때에도 우리의 근원은 죽지 않는다. 본성은 나고 죽는 생사법(生死法)이 아니기 때문이다.

죽음은 없다. 죽음은 두려운 것이 아니다. 죽음 또한 또 다른 삶의 연장일 뿐이다. 죽음을 두려워하지 마라. 죽음을 껴안으라. 실제 임사 체험자들은 하나같이 죽음을 암담하고 적막한 어떤 것이 아니라, 장엄한 아름다움이요 마치 고향에 이른 것 같은 지고의 평화로 묘사하고 있다.

임사 체험이 모두 환각이라고 믿었던 하버드대 뇌의학자 이븐 알렉산더(Eben Alexander)는 그의 책 『나는 천국을 보았다』에서 스스로 임사 체험을 한 후에 죽음은 결코 종말이 아니며, 삶은 어떤 차원에서의 무한한 보살핌 속에 계속된다고 설명한다.

시한부 선고를 받은 이들은 처음 절망하고 두려워하지만 결국 죽음에 대해 받아들이게 된다고 한다. 신기한 것은 받아들임과 동시에 죽음을 두려워하지 않게 되고, 오히려 깊은 평화를 얻는다는 점이다.

죽음이 암담한 실패라는 망상만 없다면, 그것은 하나의 선물이며, 또 다른 세계로의 여행이고, 삶을 깨닫게 하는 하나의 축복이 될 것이다.

죽고 나면 저승사자가 무섭고 어두컴컴한 곳으로 나를 끌고 갈 것이라는 상상 대신, 이 장엄하고 신비로우면서 아름다운 죽음을 기분 좋게 받아들여 보라. 죽음에 대한 관념이 바뀔 때 삶을 바라보는 태도 또한 달라질 것이다.

chapter 2 　가족

완벽하지 않은 당신
그래서 다행이다

남에게 바라지 마라

자식이나 아내에게는 아무런 문제가 없다.
좋은 성적, 내조, 무엇이든 가족에게 바라지 마라.
다만 내가 어떤 아버지, 어떤 남편으로 다가가고 있는지만 살피라.
내가 바뀔 때 가족이 바뀌고, 나아가 온 우주가 바뀐다.

살다 보면 무수한 사람을 만나게 된다. 내 마음에 맞는 사람도 만나지만 마음에 들지 않는 사람도 만난다. 그러나 내 마음에 드는 사람만, 내가 좋아하는 사람만 만나려 한다면 결코 성숙과 깨달음은 없다. 마음에 들지 않는 사람과의 만남이 있어야 중도를 깨닫고 의식의 성숙을 이룰 수 있다.

그 사람이 자식이든, 아내든, 친구든, 동료든 그들에게는 아무런 문제가 없다. 그들은 나를 찾아온 우주적 파트너다. 성격이 나쁘고, 마음에 들지 않는 행동을 한다고 해도 그건 그냥 나를 깨닫게 해 주는 방식 중 하나일 뿐이다.

물론 그들에게 문제가 있을 수도 있고 그 문제로 인해 당신이 괴로울 수도 있다. 하지만 그들을 바꾸려 들지 마라. 그들은 그들이 가진 독특한 문제와 단점들로 나를 성장시키기 위해 우주로부터 온 영적인 도우미이며, 내 성장의 메신저이기 때문이다.

그들에게 내가 원하는 방식대로 나를 대해 주기를 바라지 마라. 그들이 바뀌기를 바라기보다 내가 어떻게 바뀔 것인가를 살피라. 그들은 어지간해서 바뀌지 않는다. 그가 나를 찾아온 사명이 있기 때문이다. 사실은 내 안에 어떤 문제를 해결해 주고, 삶의 지혜를 주기 위해 그들은 나를 찾아온 것이며, 근원에서는 내 안의 어떤 문제들이 그들을 내 삶으로 끌어들인 것이다. 그들이 내게 온 이유는 전적으로 내게 있다. 그들은 내가 변화됨으로써 나의 문제를 해결할 때까지, 혹은 지혜를 얻고 성장할 때까지 그들의 고집을 꺾지 않을 것이다.

　상대를 바꿀 수 없다면 바꿀 수 있는 것은 무엇이 있을까? 그렇다. 바로 나 자신이다. 나는 그저 나 자신을 변화시킬 수 있을 뿐이다. 중요한 점은 내가 바뀌면 그들도 바뀔 수밖에 없다는 사실이다. 왜 그럴까? 그들이 내게 온 목적은 나를 변화시키고, 성장시키고 싶었기 때문이다. 내가 변하고 성장하게 되면 당연히 그들은 목적을 완수했기 때문에 똑같은 문제로 우리를 괴롭힐 필요가 없어진다. 내가 변하고 나면 자연스럽게 그들은 내 삶의 무대 위에서 떠나가거나, 그들의 성격이 바뀌거나, 나를 대하는 방식이 변할 것이다.

　이런 방식이 우주법계가 수많은 인연들을 조합하여 그들 모두를 동시에 깨닫게 하는 원원 전략이다. 이 우주의 본연의 뜻을 안다면 내 앞에 나타난 모든 사람들을 원망하거나 헐뜯거나 탓하지는 않을 것이다. 그 목적을 이해하기 때문이다. 이처럼 인간은 인연 맺음을 통해 매 순간 새로운 파트너와 서로 돕고 도움을 받으며 동반 성장해 나가는 존재다. 결국 깨달음이라는 지혜의 완성에 이를 때까지 인연은 계속될 것이다.

　인연을 만나면, 그들을 통해 내가 바뀔 점은 무엇인지, 그들을 통해 배울 수 있는 지혜는 무엇인지를 늘 사유해 보라. 인연법의 세상이 그리 험난하지만은 않을 것이다.

완벽하지 않은 당신
그래서 다행이다

남편에게, 아내에게 바라는 모든 기대를 내려놓으라.
어떻게든 그를 바꾸려고 애쓰지 마라.
대신 그들을 통해
내가 깨달아야 할 부분이 무엇인지를 살피라.

지금 나의 남편이나 아내는 바로 지금의 나에게 가장 필요한, 가장 최적화된 요건을 갖추었기 때문에 나와 인연을 맺은 사람이다. 이 우주법계는 아무나 대충 인연을 맺어 주지 않는다. 그 사람과 부부의 연을 맺은 것은 나에게 그 사람이 필요했기 때문이다. 그가 아무리 마음에 들지 않을지라도 말이다.

바로 그, 내 마음에 들지 않는 부분, 그 부분이야말로 내가 그를 통해서 배우고 깨달아야 할 것이 무엇인지를 알려 주는 귀중한 힌트다. 사귐이 길어질수록 서로 간에 단점을 보완하게 되고, 서로를 통해 삶을 깨달아 가게 된다. 그런데 상대가 완벽하고 잘난 사람이면 그를 통해 깨닫고 배워갈 것이 별로 없다. 그것이 바로 완벽한 남편이나 아내가 아닌 지금 내 앞의 이 사람이 온 이유다. 서로의 단점을 통해 삶의 지혜를 수확하는 곳이 바로 이 사바세계인 것이다.

한번은 40대 초반의 거사님이 찾아오셨다. 이분은 자신은 특별히 부족한 것이 없는 사람인데, 지금까지 마음에 드는 여자를 한번도 만나본 적이 없다고 했다. 마음에 드는 사람을 만나도 꼭 무언가 한 가지씩 단점이 있더라는 것이다. 마음에 확 드는 사람은 이미 다 시집을 가 버렸고, 지금은 조금 부족한 사람들밖에 없어서 마음에 드는 사람을 계속 찾고 기다려야 할지, 아니면 조금 부족하더라도 함께 살아야 할지를 고민 중이라고 했다.

사실 이성 친구를 사귀거나, 결혼을 할 때 '완벽한' 사람은 없다고 봐도 무방하지 않을까? 결혼을 전제로 할 때는 머릿속이 더욱 복잡해진다. 경제력도 좀 있어야 할 것 같고, 학벌이나 외모도 좋아야 하고, 성격도 좋아야 하고, 시부모님도 좋은 분이어야 하고, 부모님도 모셨으면 좋겠고 등 끊임없이 조건을 붙이다 보면 그 야말로 이 지구별에는 없는 희귀종을 찾고 있는 것이 분명한 게 된다.

그래서 이성을 사귈 때는 조금 못났거나, 조금 단점이 보이거나, 조금씩 부족한 부분이 보이는 그런 사람을 사귀는 것이 좋다. 그래 야 서로 맞춰 주고 배워 가며, 또 깨달아 가며 살아갈 수 있다.

단점을 아무리 얘기해 줘도 왜 바꾸지 않느냐고 꾸중만 할 것이 아니라, 그 단점을 있는 그대로 허용해 주고, 사랑하고 받아들여 보라. 그리고 그 단점을 통해 배우고 깨달으라. 그 단점은 상대방 의 문제가 아니라 바로 내 공부의 재료이다. 그 단점을 통해 내가 이생에서 배워야 할 것을 배우는 순간, 상대방의 단점 또한 사라질 것이다.

그렇다! 그와 나는 그런 방식으로 서로 돕기 위한 아름다운 깨 달음의 파트너였던 것이다. 아니, 우린 서로 둘이 아니다. 그렇기 에 내가 깨달으면 그도 깨닫는다.

너무 완벽한 사람을 찾으려 하지 마라. 우리 모두는 완벽하기 때 문이 아니라 조금 부족하기 때문에, 이렇게 누군가를 찾고 사랑하 며 의지하고 도움받으며 살고 있는 존재들이 아닌가.

가족을 비롯한 그 누구라도 과도하게 구속하거나
과도하게 많은 것을 의지하지 마라.
우리는 모두 각자 자신의 업에 따라 자신의 삶을 살고 있다.
누구나 자기 영화의 주인공이지 조연은 없다.

빠따짜라(Patācārā)는 남편과 두 아들, 부모님과 세 자매를 하루아침에 모두 잃어버렸다. 그래서 거의 미친 사람처럼 소리쳐 울면서 거리를 헤매다 부처님의 처소에까지 이르렀다. 부처님께서는 그녀를 불러 다음과 같이 법문하셨다.

"남편과 아들이 끝까지 너를 보호해 줄 수는 없다. 자식도 친척도 부모도 어느 누구도 죽음이 닥쳐올 때 너를 보호해 줄 수는 없다. 설사 그들이 살아 있다고 할지라도 그들은 너를 위해 이 세상에 있는 것이 아니다. 다만 그들은 그들 자신의 업에 따라 존재했을 뿐이며, 자신의 업을 늘리며 살았던 것에 불과했다. 그러므로 현명한 사람은 이와 같은 진리를 바로 알아 계율을 잘 지켜 청정한 업을 행할 것이며, 마음의 장애를 제거하여 선정을 통해 마침내 열반에 이른다."

당신 삶에서 당신과 인연 맺고 살아가는 가족을 비롯한 그 모든 이들에게 과도하게 의지하거나 그들이 나에게 무언가를 해 주기를 바라지 마라. 그들이 아무리 당신을 사랑하고 당신에게 헌신할지라도 사실 그들은 그들 자신의 업에 따라 자신의 삶을 살고 있을 뿐이다.

그 업에는 당신의 업도, 또 중중무진(重重無盡)으로 무수히 많은 이들의 업도 포함되어 있다. 이것들이 모여 법계의 법칙에 어긋나지 않게 아름다운 한 편의 영화를 펼쳐 내고 있는 것이다. 모든 이들이 자기 영화 속의 온전한 주인공이지 그 누구도 조연은 없다.

그러니 내가 주인공이라고 타인을 내 뜻대로 휘두르려 해서도 안 되고, 나를 위한 희생자가 되게 해서도 안 된다. 물론 그들에게 지나치게 의지하거나 간섭하려고 할 이유도 없다.

그렇다고 그들을 사랑하지도 말고 매정하게 인연을 끊고 살아야 한다는 말은 아니다. 사랑하되 지나치게 간섭하지 말고, 애정으로 돌봐 주되 과도하게 구속하지는 말라는 말이다. 서로 사랑하고 의지하며 함께 삶의 길을 걷더라도 서로가 자기 주체적인 생의 꽃을 피워 나갈 수 있도록 저마다의 독립적인 공간을 허용해 줄 수 있어야 한다.

아무리 자식이라 할지라도 그는 나의 소유가 아니고, 내 맘대로 휘두를 수 있는 존재는 더더욱 아니다. 그들이 지금은 내 뜻대로 잘 살아 주는 것 같지만, 사실 그들은 부모님 뜻대로 살고 있는 것이 아니고 자기 자신의 업에 따라 살고 있는 것일 뿐이다.

그렇기에 부모의 생각과는 다소 다를지라도, 자녀들 자신만이 가지는 업의 무게를 스스로 감당할 수 있도록 해 주라. 그들만의 특별한 삶의 꽃을 피워 낼 수 있도록 그들만의 세계를 인정하고 허용하며 무대를 만들어 주라. 부모가 살아온 인생의 무대만을 고집하며 그 길대로 가야 한다고 주입하고 고집하면 자식과 갈등이 생겨날 수밖에 없다.

그것은 그들이 부모를 거스르며 순종하지 못하는 비뚤어진 성격으로 자라서가 아니라, 부모가 부모와 자식 간에 서로 다른 업과 삶의 과제를 인정하지 않고 부모 식만을 고집한 데서 오는 당연한 현상이다.

자식이든 사랑하는 사람이든 부하 직원이든 그들을 내 식대로 구속하지 마라. 그들을 사랑할지언정 과도하게 집착하지는 마라. 남편에게도 자식에게도 전적으로 의지하지는 마라. 저마다 자신의 빛깔을 뽐내며 주도적으로 살아갈 수 있는 기회를 주어 보라.

스스로 남편 없으면 못 살 것 같고, 자식 없으면 못 살 것 같은 그런 존재가 되지는 마라. 그들이 없어도 삶은 계속된다. 심지어 이생이 끝나더라도 삶은 계속된다. 죽음의 순간에 이르면 그 누구에게도 의지할 수 없음이 드러나게 될 것이다.

물론 서로 사랑하며 의지하고 사는 것은 아름다운 일이다. 우리 모두는 서로 의지하며 살기 위해 이 세상에 왔다. 관계 속에서 배우고 깨달아 가며 사랑과 지혜를 되찾는 과정이 우리가 이 삶을 사는 이유다.

그러나 그 모든 것이 꿈과 같은 것이며 신기루와 같은 것임을 알아야 한다. 그래서 과도하게 집착하지 않고 욕망하지 않으면서도 그 모든 삶을 누리고 나누고 사랑하며 사는 중도적 실천에서 참된 사랑과 지혜는 오는 것이다.

자기 자신의 삶을 자기답게 살아 나가되 인연 닿는 이들과 함께 관계 맺으며 사랑하고 살 수도 있다. 사랑하되 집착하지 않을 수 있으며, 의지하되 과도하게 기대지 않을 수 있고, 돌보고 키우되

지나치게 간섭하지 않을 수도 있다. 함께 있되 때때로 홀로 존재할 수 있도록 공간을 열어 줄 수도 있고, 홀로 존재할지라도 함께 나눌 수 있는 인연을 열어 둘 수도 있다. 이 양극단인 것처럼 보이는 두 가지 길 속에서 조화로운 중도의 길을 걸을 때 삶은 균형 있게 자란다.

참된 기도란
내려놓는 것이다

백일기도를 끝냈으니 기도가 이루어질 거라고?
수행을 하니까 좋은 일이 생긴다고?
아니다. 도리어 기도를 하면 결과를 기대하는 마음이 놓아진다.
참된 기도란 바람과 기대와 집착을 내려놓는 것이기 때문이다.

보통 불자들은 처음 불교를 접한 다음 기도나 수행을 하면서 아주 행복해한다. 기도를 하니 삶이 윤택해진다거나, 수행을 하니 원하는 대로 삶이 이루어진다고 말하기도 한다. 그러나 백일기도만 끝내면 기도가 무조건 성취될 거라고 믿다가 좌절을 겪기도 한다.

기도만 하면, 수행만 하면 모든 것이 이루어져야 할까? 그렇지 않다. 기도나 수행을 하는 이유는 원하는 것을 이루기 위함이 아니다. 바로 그 원하는 것에 대한 집착이 본래 공함을 깨달아 바람과 기대와 집착심을 놓아 버리기 위함이다.

그래서 수능 백일기도를 하다 보면 처음에는 반드시 원하는 대학에 합격하기만을 간절히 원한다. 하지만 기도를 잘한 사람이라면 점차 마음이 편안해지고 집착이 놓아져 자식에게 성적을 닦달하지도 않고, 최선을 다할 뿐 어느 대학을 가도 좋다는 여유가 생겨날 것이다. 자식에게 '나는 너를 믿으니 최선을 다할 뿐 결과에는 집착하지 말자. 네가 어느 대학을 가도 좋으니 마음 편히 공부해'라고 말해 주게 될 것이다.

이것이 바로 기도의 공덕이다.

행복하는 삶 20
감동하는 삶 20

자녀에게 없는 행복의 조건을 더 많이 찾아내도록 가르치기보다
이미 있는 행복을 더 깊이 누리고 느끼며 감사하도록 가르치라.
남들과의 비교를 통해서 아이의 가치가 판단되지 않도록 하라.
머리 중심의 경쟁하는 삶보다는
가슴 중심의 감동하는 삶을 선물해 주라.

나는 어릴 적 시골 마을에 살았다. 어린 시절의 기억이라곤 매일 산으로 들로 친구들과 어울려 다니면서 숲속에서 놀았던 기억뿐이다. 부모님도 나에게 공부를 채근한 일은 없었다. 언제나 나에게 주어진 역할은 재미있게 친구들과 뛰어놀고, 잘 먹고, 잘 자라는 것이 전부였다.

요즘의 아이들은 어떨까? 지금의 아이들을 보면 신나게 자연 속에서 뛰어놀며 자연의 심성을 배워야 할 나이에 너무나 혹사되고 있지 않나 걱정스럽다. 초등학생들의 하루 일과는 그야말로 공부, 공부, 또 공부로 정신이 없어 보인다. 국어, 영어, 수학은 물론이고, 태권도도, 피아노도, 미술도, 심지어 한문 자격증까지도 필수라고 한다.

왜 그럴까? 좋은 성적으로 좋은 학벌을 가지고, 좋은 직장에 다닌다고 해서 전적으로 행복해지는 것은 아니지 않은가? 하지만 그것들이 아이들의 행복과 상관관계가 있는 것처럼 여긴다.

행복이란 마음속에서 삶을 바라보는 방식의 문제이고, 그것은 곧 내면의 문제다. 그런데 우리는 행복이 외부의 돈, 명예, 권력, 학벌, 성적 등에 달려 있다고 믿고 있는 것은 아닐까? 행복이 외부 조건의 문제가 아니라 내부의 감각, 즉 마음의 자세에 관련된 문제라고 볼 때, 우리가 아이들을 대하는 방식은 전적으로 달라질 수밖에 없을 것이다.

우리는 아이들이 더 많은 행복을 누릴 수 있도록 가르쳐야 한다.

더 많은 행복의 조건을 갖추라고 가르칠 것이 아니라, 지금 현재 가지고 있는 조건 속에서 더 깊이 행복할 수 있는 법을 가르쳐야 한다. 그러기 위해 행복을 느끼는 감각을 어떤 방식으로 되찾게 해 줄 것이냐가 관건이다.

축구 시합을 하고 온 아이에게 '몇 골 넣었니?'라고 물을 것이 아니라 '재미있었니?'라고 물어야 하지 않을까? 학교 다녀 온 아이에게 '공부 잘 했니?'를 물을 것이 아니라 '친구들과는 재미있었니?', '즐거웠니?'라고 물어야 하지 않을까?

결과와 성과를 묻는 것이 아니라, 매 순간, 삶을 어떻게 느끼고 누리며 살고 있는지에 더 큰 관심을 가져야 한다. 그래야 결과나 성과에 집착하는 아이가 아니라, 매 순간 주어진 삶과 충분히 접촉하는 감성적인 아이, 매 순간 깨어 있는 아이로 커 간다.

결과와 성과, 성적과 학벌 위주의 삶은 남들과의 비교로 아이들을 내몰고, 이 세상을 약육강식과 생존 경쟁의 장으로 보게 한다. 아이들은 끊임없이 더 잘하는 아이들과 비교당하게 되고, 심지어 형제들과도 비교당하게 된다. 비교 우위가 곧 행복이고, 비교 열등은 곧 불행인 남들과의 비교를 통해서만 자신의 가치가 판단되는 세상에 갇히고 마는 것이다.

그러나 내적인 행복을 느끼고 누리는 삶은 그저 지금 그 모습 그대로가 자기 자신임을 충분히 느끼고 만끽하게 해 준다. 남들과의 비교 없이도 충분히 자기 자신으로서 행복해질 수 있음을 알려 준다. 행복하기 위해서 성적이나 학벌 같은 특정한 결과가 필요하지 않다. 그 어떤 조건 없이, 지금 이대로의 모습으로도 충분히 행복할 수 있고, 사랑받을 만하며, 온전한 존재임을 깨닫게 해 주는 것이다. 그렇게 되면 행복의 조건을 외부에서 끊임없이 찾고 갈구하는 삶이 아닌, 주어진 행복을 내부에서 깨닫고 느끼고 만끽할 줄 아는 본연의 감각을 되찾게 된다.

　그래서 전자의 삶은 머리 중심의 삶이지만, 후자의 삶은 가슴 중심의 삶이다. 생존 경쟁의 삶에서는 끊임없이 머리를 쓰고, 공부를 하고, 남들보다 뛰어나기 위해 머리에 불을 켜고 이겨야 한다. 머리로 이 사람이 나에게 도움이 될지 안 될지를 끊임없이 계산해야 한다. 그러나 가슴 중심의 삶에서는 머리를 쓰는 것이 아니라, 매 순간 오감을 이 세상으로 활짝 열어 다만 가슴으로 느낄 뿐이다. 비교나 판단 없이 모든 친구들과, 심지어 대자연의 모든 것들과 하나되어 자연스럽게 어울리게 된다. 가슴으로 세상을 만나는 것이다.

　가슴 중심의 아이는 눈으로 꽃을 보고, 하늘을 보고, 귀로 새 소리를 듣고, 혀로 음식을 맛보고, 손으로 흙의 감촉을 느끼는 오감이 활짝 열리게 된다. 오직 매 순간, 주어진 삶의 신비를 충분히 느끼며 감사해 할 수 있는 행복한 아이로 키워 주자.

부모 자식으로 만나는 인연

우리는 배우고 성장하기 위해 이 지구별로 여행 왔으며,
그 여행 전에 삶의 시나리오를 우주와 함께 계획한다.
그 계획에서 등장인물은 모두 서로를 돕기 위해 만난다.
우리 모두는 근원에서 자비로 연결된 존재인 것이다.
사랑과 연기법이 곧 존재의 배경이다.

부모와 자식의 인연은 도대체 어떻게 해서 정해지는 것일까? 조금 쉽게 방편으로 이야기를 풀어가 보자.

우리가 생각하기에는 원수의 인연도 있는 것 같고, 나를 괴롭히기 위해 찾아온 인연도 있는 것 같다. 그런데 사실 근원적으로는 우리에게 온 모든 인연 중 나쁜 인연은 없다. 모든 인연은 나를 깨닫게 하기 위한 지혜와 자비의 인연으로서 우리에게 온다.

사람이 죽으면 중음신(中陰身)으로 잠시 있다가 다음 생을 받아 태어나게 된다. 아무런 이유 없이 태어날 수는 없다. '깨닫기 위해' 우리는 이 지구별로 여행을 왔다. 그리고 이 여행을 오기 전 여행 계획과 시나리오에 우리는 근원에서 동의를 했다. 우주법계가 곧 나와 다르지 않으니, 동의하지 않을 수가 없는 것이다.

『티베트 사자의 서』에 보면 우리의 죽음이야말로 어머니의 품처럼 평온한 순간이며 깨달음의 빛이 열리는 때, 빛으로 안내하는 사자들의 자비로운 도움을 받을 수 있는 때라고 한다. 어쩌면 죽음 이후야말로 힘들게 살았던 고해의 한 생을 잠시 정리하고 반성하며 되돌아볼 수 있는 진정한 휴식의 시간인 것이다.

그런데 그 휴식을 취할 때는 본질적인 자리와 하나가 된다고 한다. 그 근원과 내가 하나된 자리에서 다음 생을 계획하는 것이다. 어떤 생이 나를 깨닫게 해 줄 수 있을지, 그리고 그간의 업장을 소멸하게 해 줄지를 종합적으로 고려해서 다음 생의 시나리오를 짜는 것이다. 그렇기 때문에 나와 아무 인연도 없는 사람이 뜬금없이 맺어지지는 않는다. 과거에 나와 인연을 맺었던 사람들 중에 풀어야 할 업이 있거나, 갚아 주어야 할 업이 있는 사람들과 인연을 풀고, 도움을 주며, 업과 에너지의 균형을 이룰 수 있도록 삶을 계획하게 되는 것이다.

예를 들면, 두 영혼이 이렇게 약속하는 것이라 할 수 있겠다. 먼저 한 영혼이 이렇게 말한다.

"너는 나의 직장 상사가 되어서 몇 년간 나를 괴롭혀라. 그럼으로써 내가 전생에 누군가를 괴롭혔던 그 과보도 소멸하고 누군가를 막 대하고 괴롭히던 내 습(習)을 반성하게 될 것이다. 그런 기회를 나에게 주어라."

그러면 다른 영혼이 "그래, 괴롭힘을 당하느라고 직장 생활이 힘들겠지만 너를 사랑하기 때문에 그 일을 감당해 줄게." 하고 후일 만나 괴롭히는 것이다.

나를 괴롭히는 사람은 내가 미워서 괴롭히는 것이 아니다. 사실은 나를 돕기 위해서, 업의 균형을 맞춰 주기 위해서이다. 자비가 바탕에 있는 상호 협력 속에 업보의 계획은 이루어지는 것이다.

그러니 스스로 만든 자신의 삶에 온전히 책임을 질 수 있어야 한다. 삶을 받아들이는 일이 바로 온전히 책임지는 것이다. 여기에 좋고 나쁜 사람은 없다. 자비가 바탕이 된 상호 협력과 연기적인 연결성이 있을 뿐.

좋아도 싫어도
너무 과하지 마라

좋은 인연은 만나면 만나서 좋고
떠나더라도 큰 미련을 남기지 않는 인연이다.
좋아도 너무 과하지 말고, 싫어도 너무 과하지 마라.
만나고 헤어지는 인연을 따를지언정, 자신만의 길을 걸어라.

아름다운 인연은 과도하게 좋아하거나, 과도하게 싫어하지 않는 인연이다. 정말 좋은 관계란 그를 구속하거나, 내 곁에 두고 싶어 안달하는 그런 것이 아니라, 그를 그다운 방식으로 존재할 수 있도록 내버려 두고 그와 나 사이의 거리를 인정하는 관계다.

얼마간 안 본다고 보고 싶어 미치겠는 관계보다 오히려 자주 만나지는 않더라도 그를 떠올리면 든든하고 향기가 느껴지는 그런 관계가 좋다. 어쩔 수 없이 헤어지게 되더라도 과도하게 슬퍼하지 않는다.

과도하게 좋아하거나 싫어하는 것은 중도(中道)가 아닌 양변의 길이다. 이분법(二分法)으로 나누는 마음이다. 사람 사이의 관계에 있어서도 좋든 싫든 과도하기보다는, 그저 담담한 것이 좋다.

심지어 자녀나 남편, 아내라고 할지라도 과도하게 집착하지는 마라. 그들도 그들 자신만의 독자적인 삶의 길이 있음을 인정해 주라. 가족이라 할지라도 그들은 내 소유가 아니다.

심지어 부모에게 버려진 갓 태어난 아이가 멋지게 성장해서 다시 부모를 찾는 경우도 있지 않은가. 부모가 버려도 아이는 자기가 짊어지고 온 업력과 복력으로 알아서 살아간다.

모든 존재는 자기 자신이 계획한 업의 길을 가는 독자적인 존재이며 우주의 자녀다. 그의 업에 따라 우주가 알아서 키우는 것이다. 내 자식이니 내 방식대로 키운다는 것은 어리석음과 오만함일 뿐이다.

우주의 사랑에 빠지기

우주법계는 우리의 삶을 낱낱이 촬영하고 있다.
인과응보라는 프로그램에 쓰이는 이 촬영 장비는
주인공의 마음 상태 하나까지도 놓치지 않는다.
내 앞의 한 사람을 무시하는 것은 곧 우주를 무시하는 것이다.

요즘에는 연예인의 사생활 일거수일투족을 촬영하는 관찰 예능이 대세라고 한다. 그런 예능에 출연하는 사람들은 평소보다 더 조심스럽고, 잘 보이려는 행동을 할 수밖에 없다. 누구나 다른 사람에게 잘 보이고 싶고, 인정받고 싶어 하기 때문이다.

우리의 삶도 마찬가지다. 카메라로 촬영하지 않을 뿐, 이 우주법계가 한 치의 오차도 없이 우리의 삶을 전자동으로 촬영하고 있다. 죽고 나면 삶 전체가 파노라마처럼 스치며 재경험하게 된다고 하지 않는가. 남들이 보지 않는다고 대충대충 살거나, 이기적으로 사는 것은 우리의 삶을 분명하게 지켜보고 기억하는 우주법계의 기능을 무시하는 것과 같다.

너무 잘 안다며, 아주 친하다며 어떤 사람을 함부로 대하는 경우도 있다. 그러나 사실 아무리 사소한 사람이라 할지라도 그는 곧 이 우주법계의 대변자로서 내 앞에 나타난 것임을 기억해야 한다. 그를 무시하는 것은 곧 이 우주법계를 무시하는 것이다. 그에게 화내고 욕하고 무시하는 그 모든 행위 하나하나를 카메라로 촬영하듯, 이 우주법계는 고스란히 보고 있다가 그대로 인과응보의 결과를 보내 줄 것이다.

인과응보라는 삶의 프로그램에 쓰이는 촬영 장비는 심지어 주인공의 미세한 마음 상태 하나까지도 놓치지 않는다. 이것이 바로 남들이 보지 않는다고 대충대충 살거나, 이기적으로 살면 안 되는 이유다.

특히 나의 가족이나 친구들처럼 가까운 인연 관계라면 더할 나위 없이 중요하다. 그러나 우리의 현실은 어떤가. 남들 앞에서는 말씨도 부드럽고, 행동도 자비롭지만, 집안에 들어오면 화도 잘 내고, 가족을 무시하기도 한다. 부모님은 나를 잘 아니까, 부모님에게는 대충해도 되고, 화도 쉽게 내고, 그러기 쉽다.

나와 가까운 한 사람과의 관계를 회복할 수 있어야 한다. 관계가 회복되고, 벗과 친지들을 진정으로 사랑하게 될 때, 그 참된 지혜와 사랑은 우주 끝까지 퍼져 나갈 것이다. 그것이야말로 우주 전체와의 관계 회복이다.

어떤 마음이, 어떤 행동이, 어떤 의도가 나에게서 나가는지가 중요하지, 얼마나 많은 사람에게 영향을 끼치느냐가 중요한 것이 아니다. 단 한 사람을 진정으로 사랑할 수 있다면, 그는 이 우주법계와 사랑에 빠진 것이다.

오늘, 내 삶에 나타나는 그 모든 사람이 바로 인간의 몸을 하고 나타난 한 분의 부처이며, 우주의 대변자다. 내 앞의 한 사람에게 그 순간의 최선을 다하라.

지금 이대로의
내가 되기를
선택하라

상대방과 나를 비교하지 마라.
비교는 지금 이대로의 나를 거부하는 것이고,
남들의 삶을 기웃거리는 수동적이고 힘 빠지는 일이다.
타인과 비교 없이, 지금 이대로의 주어진 내가 되기를 선택하라.

현실 세계에서 만난 사람들은 나름대로 고민과 아픔을 안고 살아간다. 그러나 SNS라는 인터넷의 바다에서 만난 사람들은 전부 행복해 보인다. 누가 더 많은 볼거리와 좋은 먹을거리를 찾아다니나 내기라도 하듯, 그래서 그 행복의 한가운데에서 인증샷 남기기 내기라도 하듯 말이다.

이러다 보니 이것을 보는 사람들은 상대적인 박탈감을 느끼곤 한다. 나만 우울하게 사는 것 같아 외로워진다. 그러나 이런 모습들은 진짜 모습이 아니라 단지 '잘 보이고 싶은 이상'이기 쉽다. 그러니 상대방과 비교하거나 부러워할 것은 없다. 그럴 수만 있다면 남들이 한다고 나도 따라 할 필요도 없고, 상대방과 비교하거나 부러워하거나 질투할 필요도 없게 될 것이다.

우리는 끊임없이 타인과의 비교를 통해 삶을 살아 나간다. 비교 우위를 행복이라 여기고, 비교 열등을 불행이라 여긴다. 그러나 타인과의 비교에서 오는 그 어떤 판단도 진실이 아니다. 그것은 SNS처럼 머릿속에서 만들어 낸 가상의 세계일 뿐이다. 비교는 지금 이대로의 나 자신을 거부하는 일이고, 남들의 삶을 기웃거리는 수동적이고 힘 빠지는 일이다.

타인과 비교하지 않더라도, 나는 지금 이대로의 모습으로 충분하다. 삶에서 가장 위대한 깨달음은 나는 부족하다거나, 더 나아지면 좋겠다는 식의 생각 없이 지금 이 순간 주어진 내가 되기를 선택하는 것이다.

chapter 3 사회

판단할수록 멀어진다

숨겨는 나쁜 길이 아니라
모르는 길일 뿐.

시험과 진급의 결과는 그저 두 갈래 길 중 한 길인 것이지,
성공과 실패의 길 중 어느 하나인 것은 아니다.
삶에는 서로 다른 미지의 두 길이 있을 뿐,
그 길이 정말 좋은지 나쁜지는 알 수 없다.
삶의 결정을 신뢰할 뿐.

진급을 하면 성공, 진급을 못 하면 실패라는 생각은 내 스스로 만들어 낸 망상 속 허망한 믿음일 뿐이다. 그것은 전혀 사실이 아니다. 진급을 못 했기 때문에 오히려 퇴사해서 다른 일을 시작할 수도 있고, 퇴사 이후 오히려 성공할 수도 있다.

아주 단순하다. 그것은 성공과 실패의 두 갈래 길이 아니라, 그저 알 수 없는 두 길 중 하나인 것이다. 그리고 우리의 인생은 언제나 알 수 없는 갈래길 위를 걷고 있다. 우리 삶은 언제나 '모를 뿐'이다. '모른다'는 사실을 아는 것이야말로 삶을 대하는 지혜롭고도 진실한 태도다. 그것이 성공인지 실패인지를 우리는 알 수 없음에도, 얄팍한 생각을 굴려 안다고 여기고, 성공이라거나 실패라고 여긴다는 것이 얼마나 어리석은 일인가.

중요한 것은 삶은 언제나 나를 위한 온전하고도 완전한 진실만을 내 앞에 드러낸다는 사실이다. 그러니 우리가 할 수 있는 일은 오직 있는 그대로의 삶을 받아들이고, 삶을 신뢰하는 일뿐이다. 안다고 여기는 것, 좋다거나 나쁘다고 판단하는 것은 허망한 분별심일 뿐, 진실이 아니다. 성공이나 실패라고 관념을 지어 놓고 그 속에 빠져 괴로워하느라 자신의 소중한 인생을 헛되게 보낼 이유는 없지 않은가.

그러니 기억하라. 인생에는 중립적인 어느 두 갈림길이 있을 뿐, 더 좋거나 나쁜 길은 없다.

'가능성'이라는 길을
열어 두라

입사 시험에 낙방했다는 것은 두 가지 사실을 내포한다.
하나는 그 회사를 다닐 수 없다는 것이고,
다른 하나는 다른 회사를 선택할 수 있다는 것이다.
그것은 성공이나 실패가 아닌, 단순한 하나의 길일 뿐이다.

입사 시험에 떨어졌다. 이는 두 가지 사실을 내포한다. 하나는 시험에 떨어졌으니 그 회사에서 일을 할 수 없다는 것이고, 또 다른 하나는 떨어졌기 때문에 다른 회사에서 다른 일을 할 수 있다는 것이다. 그러나 우리는 보통 전자를 선택함으로써 괴로워한다. 그러나 왜 그래야 하는가.

사실 그 상황 자체는 중립적이다. 다만 내 스스로 '반드시 입사해야 한다'고 고집했을 뿐이고, 그 고집이 나를 괴롭힌 것일 뿐이다. 어쩌면 나의 길은 이 회사가 아닌 다른 곳에 있을 수도 있지 않은가.

입사 시험에서 낙방한 것 자체는 나를 휘두를 아무런 힘도 없다. 내 스스로 휘둘리며 괴로워하는 쪽을 선택한 것뿐이다. 그 회사는 무수히 많은 회사 중에 한 곳일 뿐, 내가 꼭 가야만 하는 회사인 것은 아니다. 내가 그렇게 선택했을 뿐이지.

어느 한 가지 선택을 고집하지 마라. 이럴 수도 있고 저럴 수도 있음을 언제나 유연하게 준비해 두라. 언제나 하나를 선택하면 다른 하나는 선택받지 못한다. 선택한 것은 좋아서 집착하기에 괴롭고, 선택받지 못한 것은 싫어해서 거부하기 때문에 괴로워질 뿐이다.

둘 중 어느 한쪽의 길만이 옳다고 고집하거나 그 길만이 나의 길이라고 고집하지 마라. 어느 쪽이 정말 나에게 도움이 되는 길인지 우리는 알 수 없다.

그를 판단할수록
그 여자를 멀어진다

어떤 사람을 좋거나 나쁘다고 판단하지 마라.
판단하는 순간 우리는 그 사람이 가진
있는 그대로의 자연스러운 성품을 볼 수 없다.
사람은 저마다 자기 진리의 행로를 걷는 한 분의 신이요, 붓다다.

절대적으로 좋거나 나쁜 사람, 잘났거나 못난 사람은 없다. 그 사람에 대해 어떤 판단을 내리든 그 판단은 그 사람을 있는 그대로 보여 주는 것이 아니다. 다만 그 사람에 대한 나의 생각을 드러내는 것일 뿐이다.

사람들은 누구나 그 어떤 말이나 판단으로도 규정될 수 없는 '자기다움'을 지니고 있다. 그 자기다움은 붓다의 파편이요, 자성의 바다에서 드러난 파도 같은 것이다. 저마다의 삶의 길이 귀하고 온전할 수 있는 이유는 바로 우리 모두가 자기다운 방식으로 피어난 한 분의 부처님이요, 신성의 나툼이기 때문이다.

그 사람의 삶의 행로가 어떠한지, 그리고 그 삶의 경험을 통해 그가 배워야 할 것이 무엇인지 우리는 알 수 없다. 어쩌면 그는 그 자신도 잘 알지 못하지만, 우리로서는 이해할 수 없는 독특한 삶의 방식을 통해 삶을 깨달아 가고 있는 중일지 모른다. 그러니 우리가 그 누군가에 대해 내 식대로 판단하고, 미워하고, 단죄할 이유는 없다.

그 사람을 좋거나 나쁘다고 하는 판단은 전적으로 나의 것이다. 중요한 점은 상대방을 판단하고, 규정짓고, 분별하면 할수록 우리는 그 사람의 본질에서 점점 더 멀어질 수밖에 없다는 것이다. 반대로 아무런 판단이나 분별도 하지 않은 채, 아무것도 모른다는 마음으로, 있는 그대로 바라보게 되면 한 발자국 더 존재의 진실에 가까워질 수 있게 된다.

지금
역경을 통해 배우는 중이다

당신은 자신이 꿈꾸던 직업을 가졌는가?
지금 내가 이 직장에 있다면, 그곳이 바로 최선의 직장이다.
힘들고 마음에 안 드는, 바로 그 역경을 통해 배우는 중이다.
당신이 하는 일을 통해 당신은 진리를 꽃피우고 있다.

지금 하고 있는 일, 당신의 직업은 적성에 맞는가? 직장 생활을 하면서도 또 다른, 더 좋은 직장을 꿈꾸고 있지는 않은가? 사실 지금으로써는 현재의 이 자리가 분명한 나의 자리요, 나의 직업이 맞다. 정말 다니기 싫은데 억지로 다니는 사람도 있겠지만 그것을 지금 당장 그만두지 못한다면, 그 단순한 이유만으로도 지금 이 직장이 최선임을 의미한다.

온갖 단점과 문제가 있고, 동료들이 마음에 안 든다고 할지라도 지금은 바로 그런 곳에서 문제를 겪는, 싫어하는 직원들과도 함께 생활하는 인생 연습을 하며 삶의 의미를 깨우치는 중인 것이다.

지금 이 직장은 상사와 동료들의 성격이 괴팍하고 아무것도 배울 점이 없다고 하소연할지 모른다. 그러나 바로 그 점이야말로 당신이 지금 그 직장에 있어야 할 이유다. 그런 단점과 문제를 가지고 있는 직장에서 어떻게 일을 해야 하는지, 직원들과 어떻게 교류하고 만나야 하는지에 대한 소중한 경험을 쌓기 위해 그곳에 있는 것이다.

진정 나의 사명이라고 여길 법한 '자기다운 일'은 어떤 특정한 직업 속에 있는 것이 아니라, 지금 현재 주어진 일을 어떤 마음으로 하느냐에 담겨 있다.

진리는 수행자에게만 있거나, 봉사자에게만 있는 것이 아니다. 농부에게도, 음악가에게도, 노숙자에게도, 사업가에게도, 정치가에게도, 시장 상인에게도 있다. 담배 피는 성자, 농사짓는 현자, 사업하는 철학자, 정치하는 위대한 철인도 있다.

　당신은 지금 당신의 일을 하는 붓다의 화신이다. 성스럽고 속되다는 편견을 없애면, 지금 당신이 하고 있는 바로 그 일이 가장 진실한 자리다. 왜 그럴까? 당신이 지금 그 일을 하고 있기 때문이다.

　성스러운 직업, 나의 사명이 담겨 있는 직업만을 추구하려고만 하지 마라. 지금 당신에게 주어진 그 일이 바로 나다운 방식으로 우주적인 성스러움을 드러내는 일임을 받아들여 보라.

　물론 때가 되고, 마음에서 강렬한 울림이 들려올 때는 머릿속으로 고민하지 않더라도, 또다시 내가 할 일을 저절로 찾게 될 것이다. 그러나 아직 내가 여기에 있다면 지금 나에게 맡겨진 이 일이야말로 삶의 목적을 완수할 최선의 직장인 것이다.

도전할 때
가능성은 열린다

잘하지 못하는 것, 한 번도 안 해 본 것을
습관적으로 거부함으로써 깨달음의 기회를 버리지 마라.
새로운 것에 도전할 때 성숙과 깨달음의 가능성은 열린다.

우리가 말이나 생각, 행동으로 한 번 행위에 옮긴 것은 한 번의 경험이 된다. 그 경험이 기억되고, 그런 행위가 반복되면 습관이 되어 우리 안에 업습(業習)으로 자리 잡게 된다. 그래서 그 다음에 비슷한 상황이 되면 저절로 업습에 따라, 습관에 따라 반응하게된다.

이런 방식으로, 즉 과거에 경험하고 행위한 방식대로 반응하는 일들이 우리 삶의 대부분을 이룬다. 깨어 있지 못하면 저절로 습관의 영향을 받는 것이다.

집에서 시간 날 때마다 텔레비전을 보던 사람은 나중에는 자신도 모르게 리모콘을 손에 쥐고 사는 제 모습을 발견하게 된다. 시간이 날 때마다 책을 보던 사람은 자신도 모르게 책을 보고 있는 자신을 발견한다.

밤에 야식을 먹는 것도 하나의 습관이고, 담배를 피우는 것도, 밥 먹을 때 술을 한 잔씩 마시는 것도 습관이다. 나중에는 정말 먹고 싶은 것이 아니더라도, 특별히 술을 마실 이유가 없더라도, 그냥 저절로 밤만 되면 먹을거리를 찾거나, 담배나 술을 찾게 된다. 심지어 어떤 사람은 내가 언제 담배에 불을 붙였는지도 잊은 채, 정신을 차리고 보면 담배가 입에 가 있다고 말하곤 한다.

이처럼 낡은 습관은 지난 기억의 잔재이다. 과거의 낡은 패턴으로 지금 여기라는 생생한 현재를 진부한 것으로 뒤바꿔 놓는다. 지금 이 순간 우리는 과거와 동일하게 행동할 필요가 없다. 지금 이

습관은, 과거에, 그때의 생각과 의도로 만들어진 것이다. 지금은 그때와 전혀 다른 '현재'이고, 그때와는 다른 생각과 다른 삶의 목표와 전혀 다른 삶이 새롭게 놓여 있지 않은가. 그렇다면 당연히 대응 방식도 달라져야 한다.

업습대로, 자동반사적으로 대응하여, 매일 술을 마시고, 담배를 피움으로써 간암 혹은 폐암이 왔다고 생각해 보라. 내가 아는 한 분께서는 간암이 왔는데도 불구하고 도저히 담배를 끊을 수 없다고 하였다. 간암으로 아픈 것보다 담배를 끊는 데서 오는 스트레스가 더 큰 것 같다고 하시며 계속 담배를 피우셨다. 이제는 과거의 건강했던 상황이 아니다. 담배를 피워도 괜찮았던 상황은 지나가고, 이제 전혀 다른 현재가 내 앞에 놓여 있다. 하지만 업습에 구속되어 있기 때문에 좀처럼 떨쳐 내기 어렵다.

아인슈타인은 '문제를 만들어 낸 사고 수준에 머물러서는 그 문제를 풀 수 없다'고 했다. 업습이 있다는 것은 문제를 만들어 낸 사고 수준에 머물러 있음을 의미한다. 무한한 가능성이 있는 현재를 생생하게 살아가고자 한다면 과거의 업습에서 벗어나야 한다.

업습이라는 자동반사적 반응에서 놓여나려면, 먼저 매 순간 내가 어떻게 습관적으로 반응하는지를 지켜보고 알아차려야 한다. 알아차린 뒤에는 또 다른 선택의 가능성이 있음을 보고, 그 새로운 가능성에 마음을 열게 된다.

그래서 명상을 시작하기 전 기초 작업으로, 습관 바꾸기를 해 보는 것이 큰 도움이 되곤 한다. 평소 절대 안 하던 것을 한 번쯤 도전해 보는 것이다. 안 보던 책들도 살펴보고, 내성적인 사람이 외향적인 행동도 해 보고, 늘 가던 길이 아닌 다른 길로도 다녀 보고, 매일 만나는 사람이 아닌 새로운 사람과도 만나 보는 것이다. 이렇게 업습을 깨다 보면, 과거의 의식에 얽매이고 사로잡혀 있던 마음이 활짝 열리면서 또 다른 가능성에 눈뜨게 된다.

학창 시절 싫어하던 친구를 절대 안 만나려고 하던 습관을 내려놓고, 모임에 나갔다가 몰라보게 변한 친구에게 많은 것을 배울 수도 있고, 놀라운 사업 아이템을 제안받을 수도 있다. 늘 하던 일만하고, 습관대로만 했을 때 절대 만날 수 없었던, 절대 깨달을 수 없었던 수많은 가능성들이 현실로 드러나게 된다.

실제로 연세 드신 어르신들에게 삶의 변화가 잘 찾아오지 않는이유도 늙어서 그런 일이 없기 때문인 게 아니다. 업습에 얽매여자동 반응만을 보일 뿐 새로운 가능성에 도전해 보지 않고, 마음을열지 못하기 때문이다.

인도 여행 중에 어떤 노부부를 만난 적이 있다. 두 분이 손을 꼭잡고 직접 걸망을 짊어지고 기차표를 끊어 가면서 배낭여행을 다니고 계셨다. 그분들께서는 세월이 지나고 났더니 젊었을 때 꼭 해보고 싶었지만 재고 계산하고 두려워하면서, 실패하면 어쩌지, 남들이 이상하게 보면 어쩌지 하는 등의 온갖 이유로 못한 것들이 가장 후회가 되더라고 했다. 그러면서 그렇게 후회만 하다가 지금도

늦지 않았다는 생각이 들어 여행을 떠나오셨다고 했다.

또 얼마 전에는 연세가 70이 넘은 어르신께서 책을 읽다가 갑자기 홀로 아프리카로 배낭여행을 떠난 것도 본 적이 있다. 배낭여행은 젊은 날에나 하는 거란 편견을 보기 좋게 깨 버리고 아무렇지 않다는 듯 쿨하게 떠나시는 어르신의 뒷모습이 여간 멋져 보이지 않을 수 없었다.

사실 우리는 남들의 시선이나 실패에 대한 두려움, 온갖 계산하고 두려워하는 생각들 때문에 하고 싶지만 선뜻 실천하지 못하는 것들이 너무 많다. 인생이란 경험과 도전 속에서, 실패와 역경 속에서 삶의 의미를 깨달아가는 것이다. 저질러 봄으로써 직접 삶 속으로 뛰어들어 삶을 살아 내는 것이야말로 삶의 목적이다.

삶이라는 아름다운 가능성의 장이 열려 있는데도 그 속에 뛰어들어 저질러 보고, 경험해 보고, 느껴 보고, 만져 보고, 도전해 보지 못한다면 우리의 삶은 무뎌지고, 퇴색되며, 정체되고 말 것이다.

아침에 일어날 때 난생처음 맞이하는 새벽인 것처럼, 처음으로 느끼는 햇살인 것처럼 그 따스함을 느껴 보라. 매 순간순간 현실에 대응하는 나의 반응을 살펴라. 이것이 업습에 의한 자동 반응임이 밝혀질 때는 잠깐 멈춘 뒤 어떤 새로운 가능성이 있을 수 있는지를 살펴보라.

무조건 새로운 선택만이 좋다는 게 아니라, 새로운 가능성에 열린 마음이 필요하다는 것이다. 바로 그때, 우리의 깨어남은 빨라진다. 더 빨리 성장하고, 성숙하며, 과거에 집착하지 않게 되고, 새로운 변화에 도전하게 되며, 하루하루라는, 매 순간순간이 얼마나 놀라운 가능성을 가진 신비한 것인지를 깨닫게 된다.

홀로 통통
깨달음으로 나아가기

화를 안으로 삭이거나, 밖으로 폭발시키지 마라.
안으로 삭이면 내가 괴롭고, 밖으로 폭발시키면 상대가 괴롭다.
화를 대상으로 아무것도 하지 말고, 다만 화를 허용해 주라.
화와 함께 있어 주기를 선택할 때, 화는 저절로 소멸된다.

즐거운 때가 있는가 하면 괴로운 순간들도 있다. 그런데 중요한 점은 괴롭고, 슬프고, 화나는 상황이 오더라도 그로 인해 반드시 괴로워해야 할 것은 아니라는 점이다. 오히려 그런 때를 마음공부의 기회로 삼을 수도 있다.

예를 들어 보자. 화가 난다. 분노가 일어 일이 손에 잡히지 않는다. 속이 부글부글 끓어오르고, 폭발할 것만 같다. 바로 이때가 마음공부하기 아주 좋은 순간이다.

보통 우리는 화가 나면 둘 중 하나의 행동으로 대응한다. 바깥으로 화를 내거나, 안으로 화를 삭이는 방식이다. 이것이 전형적인 분별심(分別心)의 방식이다. 분별심은 언제나 대상을 취하거나 버리는 양극단의 방식을 취한다. 화를 취해서 상대방에게 화를 내거나, 화를 버리는 방식으로 안으로 삭이는 것이다.

그런데 화를 폭발시켜 상대방에게 화를 내게 되면 상대방이 괴롭고, 안으로 삭임으로써 덮어두면 내가 괴롭다. 그 양쪽의 방식 모두 폭력적이며, 화의 에너지를 지속시킨다. 그리고 화의 업장을 내면화해 저장하게 된다. 그렇게 화를 저장하게 되면, 언젠가 업보가 뒤따른다. 밖으로 화낸 과보로 언젠가 상대방에게 복수를 당할 수도 있고, 안으로 삭인 과보로 화병이 날 수도 있다.

화가 날 때, 그 화를 취함으로써 상대방에게 화를 내거나, 버림으로써 화를 안으로 삭이려고 애쓰는 그 양극단의 행동을 하지 말아 보라. 화를 취하지도 버리지도 말고, 그 화가 거기에 있다는 사실을 인정해 주고, 허용해 주고, 존중해 주며, 그 화와 함께 있어 주는 것이다.

그렇게 되면 화는 더 이상 에너지를 빨아들일 곳이 없어진다. 화는 취하거나 버리는 우리의 분별심을 먹고 더욱 커져야 하는데, 더 이상 커질 동력을 상실하는 것이다. 이때 화가 할 수 있는 일은 없다. 화는 이제 저절로 소멸의 길을 걸을 수밖에 없다.

수용과 현존은 이처럼 화를 무효화시킨다. 더 좋은 것은 이 중도적 수용과 깨어 있는 현존을 통해 내면의 화라는 에너지가 정화되는 업장소멸이 일어난다는 사실이다. 나아가 더 중요한 점은 화를 통해, 그 화를 넘어, 그 배경의 분별없는 근원 자리에 이를 수 있다는 점이다!

화를 분별하면 화로 인해 분노하느라 중생이 된다. 하지만 화를 분별하지 않고 취하거나 버리지 않고 중도적으로 다루어 주면 무분별의, 본래 아무것도 없던 텅 빈 근원에 가닿게 되는 것이다.

이처럼 화가 난다는 그 자체는 전적으로 나쁜 것이기만 한 것이 아니다. 어리석은 이들은 화가 나면 괴롭고 분노하지만, 지혜로운 자는 그 화를 중도적으로 다룬다. 그럼으로써 수용과 현존을 드러내고 업장소멸과 깨어 있음, 나아가 본래 자리에까지 나아가는 지혜를 만들어 낼 수 있다.

우리는
하나이기 때문에
동등하다

나를 그 누구보다 더 높거나 낮다고 여기지 마라.
일체 존재는 나와, 우주와 동등하게 존귀하다.
그 귀한 가치는 어떤 것으로도 훼손되지 않는다.
우리 모두는 근원에서 참성품으로 '하나'이기 때문이다.

학창 시절 불교를 처음 접했을 때, 신기하게도 불교 공부만 하면, 기도만 하면 뭐든지 다 잘되곤 했다. 그래서 생각했다.

'나는 부처님과 정말 큰 인연이 있나 보다.'

그런 착각 속에서 나는 너무 행복했다. 자신만만했다. 마치 부처님께서 나에게만 특별한 힘을 주신 것 같은 생각이 들곤 했다.

그런데 어느 순간부터 아무리 기도를 하고, 열심히 절에 다녀도 마음먹은 대로 되지 않는 일들이 생겨났다.

'어? 이건 뭐지?' 싶었다. 그동안 '나는 부처님과 깊은 인연이 있기 때문에 남들과는 달라야 해' 하는 착각 속에서 살았던 것이다. 그런데 부처님 가르침을 공부하면서 내가 진정한 불교가 무엇인지 모르고 있었다는 것을 깨닫게 되었다. 불법은 그런 것이 아니었다.

자신이 잘났다고 생각하는 사람들, 내가 남보다 우월하다고 여기는 사람들에게 부처님의 가르침은 조금 절망적일 수 있다. 자신이 잘났다고 여기며, 과시하고 싶은 사람들에게 '세상에는 잘난 사람도, 못난 사람도 없다'라고 말하기 때문이다.

이 세상에는 나보다 잘난 사람도 없고, 나보다 못난 사람도 없다. 내가 전적으로 옳은 것도 아니고, 내가 전적으로 틀린 것도 아니다. 그 어떤 사람보다 나는 높거나 위대하지 않으며, 또한 그 어떤 사람보다 못나거나 부족하지도 않다. 사실은 그렇기에 세상은 아름다운 것이다.

그러나 자기 잘난 아상에 갇혀 사는 사람은 이 사실이 기분 나쁘다. 이상과 에고는 언제나 자신이 남보다 나아야 하고, 특별하고 우월해야 하기 때문이다.

그런데 그것보다 더 좋은 소식이 있다. 나라는 존재는 남들보다 잘나지 않은 존재이고, 못나지도 않은 존재이지만, 근원에서는 완전히 무한한 가능성을 가진 존재이고, 상상할 수 없는 힘과 지혜와 자비로움을 완전히 구족하고 있는 존재라는 점이다.

나만 그런 것이 아니라 세상 사람들 전부가 그렇다. 심지어 풀한 포기조차, 내가 그렇게 미워하던 그 녀석조차, 아주 수준 낮다고 깔보아 왔던 저 옆집 사람조차, 나보다 티끌만큼도 못난 게 없는 부처라는 것이다. 우리 모두는, 근원에서는 하나이면서 완전한 존재였던 것이다.

나를 남들보다 더 나은 사람으로 만들 것도 없고, 나를 더 부족한 사람으로 얕잡아 볼 것도 없다. 우리 모두는 근원에서 완전하고도 부족하지 않은 한 가족이며, 한 나무에서 피어난 각각의 한 송이 꽃이다. 그 어떤 차별도 없는, 둘로 나뉘지 않는 하나인 것이다.

내가 상대방보다 잘났다는 에너지는 상대방보다 못났다는 에너지와 방향만 다를 뿐 똑같은 중생심이다. 비교하거나 판단하지 말고, 있는 그대로 바라볼 때 바탕의, 배경의 '하나'를 보게 된다. 참된 하나의 진여실상(眞如實相)에 가까워지는 것이다.

말이라는
소리 파동에
속지 마라

비난에 너무 좌절하지도, 칭찬에 너무 들뜨지도 마라.
칭찬과 비난 모두를 통해 다만 삶을 중도적으로 배우라.
말뜻에 속지 않는다면, 칭찬도 비난도 한낱 소리의 파동일 뿐이다.
말의 뜻을 따라가느라, 말이 아닌 진짜 현실을 놓치지 마라.

어떤 사람이 내 앞에서 나에 대한 욕을 하거나, 듣기 싫은 말을 할 때, 혹은 잘난 척을 유난히 할 때 우리는 괴롭고 화나고 답답한 마음이 올라온다. 그래서 맞붙어 싸우게 될 수도 있고, 공연한 말싸움으로 에너지를 낭비할 수도 있고, 자칫 잘못하면 사람과의 관계가 멀어지게 될 수도 있다.

어떻게 하면 이 마음을 다스릴 수 있을까? 왜 우리는 상대방의 그런 말 한마디에 휘둘리는 것일까?

먼저 이 상황이 왜 괴로운 것인지 살펴보자. 상대방이 내가 듣기 싫은 말을 했거나, 잘난 척하는 말을 했다. 엄밀히 따져 보면 내가 듣기 싫은 말을 했다는 것은 전적으로 내 판단에 불과하다. 잘난 척했다는 생각도 그 사람의 말에 대한 나의 판단일 뿐이다.

상대방이 나보고 뚱뚱하다거나 능력이 없다고 말했다고 생각해 보자. 우리는 그 말을 듣기 싫은 말로 판단한다. 그런데 뚱뚱하다거나 능력 없다는 말이 무조건 기분 나쁜 말일까? 어떤 특정한 부분에 우리는 능력이 없을 수도 있고, 또 내가 좀 뚱뚱할 수도 있다. 더욱이 그건 그 사람의 지극히 개인적인 판단일 뿐이다. 그 말이 진짜인지 아닌지는 알 수 없는 상황인 것이다.

그럼에도 우리는 그 상대방의 말에 내 스스로 힘을 부여하고, 그 말로 인해 상처받기를 주저하지 않는다. 이것은 상대방의 말이 문제가 아니라, 내가 그 말을 상처받는 말이라고 판단하면서, 상대방의 말이 진실이라고 힘을 실어 준 결과다.

부처님께서는 마치 독이 담긴 음식을 잘 차려 놓았더라도 내가 먹지 않고 그냥 갔다면 그 음식은 오히려 차린 자의 것이듯, 상대방의 욕이나 비난을 내가 받지 않으면 그것은 그의 업이 될 뿐이라고 하셨다.

말이라는 것을 잘 살펴보면, 사실은 하나의 소리 파동이며 하나의 울림에 다름 아니다. 다만 어떤 특정한 소리 파동에는 어떤 의미를 부여하기로 세상 사람들이 합의를 한 뒤, 뜻을 지니기 시작했을 뿐이다. 그 합의에 동의한 것은 나 자신이다.

이것을 『금강경』에서는 상(相)이라고 한다. 상이라는 말 그대로, 모양을 지닌 것은 물질적, 정신적 대상 할 것 없이 전부 다 상이다. 쉽게 말해 이것저것으로 구별될 수 있는 모양을 지닌 것은 전부 상이다. 그래서 분별상(分別相)이라고도 한다.

말이라는 것도 하나의 상이다. 뚱뚱하다는 말은 날씬하다는 말과 비교되고 분별되는 하나의 모양을 지닌 상인 것이다. 그런데 범소유상 개시허망(凡所有相 皆是虛妄)이라고 했듯이 말이라는 상은 사실 본래 허망한 것이다. 뚱뚱하다는 말 자체는 기분 나쁜 말도 아니고, 기분 좋은 말도 아니다. 내가 거기에 감정을 섞고, 생각을 개입시켰기 때문에 그 상은 힘을 지니는 것일 뿐이다.

말을 하나의 수단으로 사용할 뿐, 말이 나를 집어삼키지 않게 하라. 말의 의미에 휘둘리지 말고, 말의 주인이 되어 말을 써먹으며 살라.

chapter 4 창조

나는 내 운명의 주인

내가 어떻게 믿느냐에 따라 세상은 그 믿음을 펼쳐 보인다.
우주법계는 그 믿음이 옳은지 그른지에 관심이 없다.
우리는 신념대로 자기 세상을 창조한다.
다만, 창조해 낸 세상도 나도 꿈임을 깨달으라.

세상 모든 것은 자기가 규정하는 것에 따라 펼쳐진다. 내가 나 자신과 세상을 어떻게 규정짓는가에 따라서 바로 그 세상이 펼쳐진다. 삼계유심 만법유식(三界唯心 萬法唯識)이 바로 그것이다.

나 자신을 어떤 사람이라고 생각하는가? 내가 나 자신을 어떻게 여기는지가 진짜 내가 어떤 사람인지를 결정짓는 중요한 키워드가 된다. 내 삶은 내 스스로가 굳게 믿는 바대로 이루어지기 때문이다. 안 된다고, 못 한다고, 능력이 없다고 믿는 것은 스스로를 그런 존재로 창조하고 있는 것이다. 내가 어떤 존재라고 믿는가 하는 것은 곧 내 삶이 어떻게 창조되기를 바라는가와 같다.

나아가 세상은 어떤 곳이라고 믿고 있는가? 참으로 살아볼 만한 아름다운 곳이라고 여기는가? 아니면 너무 우울하고 불평등한 곳이라고 여기는가? 바로 그 믿음대로 내가 살아가는 나의 세상이 만들어진다.

내가 나의 우주, 나의 세상, 나의 삶을 만들어 내는 것이지, 그 누가 만들어 주는 것이 아니다. 이 세상은 오직 내 마음이 나타난 것일 뿐이다. 심생즉종종법생(心生則種種法生), 마음이 일어나면 그에 따라 온갖 종류의 세상 만물이 만들어진다.

내 밖에 실체적인 세상이 따로 있어서, 세상은 세상 나름대로의 법칙대로 흘러갈 것이고, 나는 다만 그 세상에 속한 한 명의 작고 여린 존재일 뿐이라고 여기지 마라. 그것은 진실이 아니다.

당신이 바로 당신 자신과 당신이 살고 있는 이 우주를 창조한

창조주다. 우리는 마음으로 이 모든 세계를 매 순간 만들어 내고 있다.

이러한 창조의 세계에 사실 옳고 그른 것은 없다. 좋고 나쁜 것도 없다. 그런 것은 내 마음속에서 내 스스로 만들어 낸 관념이며 환상일 뿐, 실제적인 삶은 그 어떤 분별도 없다. 다만 그저 내가 만들어 낸 무가치성의 중립적인 어떤 일이 벌어지고 있을 뿐이다.

내가 특별한 믿음, 특별한 생각, 특별한 가치관 속에 빠져 있게 된다면, 우주는 내가 믿는 대로 현실을 만들 것이다.

내가 어떻게 믿느냐에 따라 우주는 그 믿음을 현실로 창조해 낸다. 그것이 옳은지 그른지에는 관심이 없다. 그런 건 없기 때문이다. 다만 우주는 나의 생각과 말과 행동을 고스란히 이 우주라는 거울에 반영시켜 그 행위의 파장을 현실화시킨다. 같은 파동끼리 공명하면서 창조는 극대화된다.

다만 그렇게 만들어진 세상은 마치 꿈과도 같다. 실체가 아니다. 그 사실을 깨닫기 전까지 우리는 어쩔 수 없이 이 세계가 진실이라 여기며 그 가짜 세계 속에서 울고 웃으며 살 수밖에 없다.

그러니 어차피 나와 우주를 스스로 창조할 거라면 주인임을 확실히 깨닫고 주도적으로 창조해 나가라. 내가 만든 자아와 우주에 책임을 질 각오를 하고 책임감 있게 피조물들을 창조해 내라. 다만 그 모든 피조물도, 창조주도 모두 꿈임을 깨달으라. 텅 비어 아무것도 없는 가운데 한바탕 창조의 꿈을 꾸었을 뿐임을 잊지 마라.

제각기 다르는
창조의 놀이터

느낌과 생각은 곧 삶을 창조하는 기본 자원이다.
작고 사소한 느낌과 생각일지라도 그것은 힘을 지닌 채
내 앞에 펼쳐질 삶의 일부를 만들어 낸다.
느끼고 생각함과 동시에 삶을 창조하고 있다.

마음이 현실을 만들어 낸다. 불교에서는 마음을 수상행식(受想行識)으로 나눈다. 느낌, 생각, 의지, 의식이 바로 마음이다. 느끼는 대로 세상이 창조되고, 생각하는 대로 세상이 만들어진다. 감성적[受蘊]이거나 이성적[想蘊]인 이 두 가지 마음의 토대가 삶을 창조하는 결정적인 유위행[行蘊]인 의지를 만드는 것이다.

이처럼 생각과 느낌이야말로 유위행(有爲行)이라는 현실을 창조하는 기본 자원이다. 우리는 느끼고 생각함과 동시에 삶을 창조한다. 느낀다는 것은 내가 느끼고 있는 바로 그것을 계속 느낄 수 있는 현실을 창조하고 있음을 의미하며, 생각한다는 것은 내가 생각하는 바로 그러한 현실을 만들어 내고 있음을 의미한다.

이 지구별이라는 인간계는 수상행식이라는 마음을 통해 마음껏 자기만의 삶을 그려 갈 수 있는 놀라운 창조의 놀이터다.

우리가 제각기 다른 자원을 가지고 태어난 이유는 자기다운 방식으로 이 꿈같은 창조의 행성에서 한바탕 마음껏 삶을 꽃피워 보는 데에 있다.

물론 그럴지라도, 그 모든 창조는 결국 꿈속에서 이루어지는 허망한 것이다. 그저 하나의 놀이일 뿐이다. 놀이터에서 만든 것에 집착할 필요는 없다. 이처럼 세간법에서는 느낌과 생각으로 원하는 모든 것을 만들어 낼 수 있지만, 출세간법에서는 무수한 창조가 꿈속의 허공 꽃에 불과함을 깨달아야 한다.

삶을
수놓다

마음을 집중하고 관심 가지는 것은 곧 이루어진다.
같은 주제라도 부정적으로 말하기를 좋아하는 사람과
긍정적으로 말하기를 좋아하는 사람은 다른 것을 창조해 낸다.
전자는 부정적인 현실을, 후자는 긍정적인 현실을 끌어오게 된다.

하루하루, 매 순간순간, 자신이 나아가야 할 바와 삶에서 원하는 바를 명확하게 하지 않은 채 살다 보면, 텔레비전이나 라디오, 책과 스마트폰 속의 온갖 정제되지 않은 정보들에 쉬이 휩쓸리게 된다.

집중하는 것, 생각하는 것, 느끼는 것, 관심 가지는 것 등은 모두 현실을 창조한다. 그런데 우리는 매 순간 내가 어디에 집중하고, 어떤 생각을 하는지, 무엇을 느끼고, 어디에 관심을 가지는지에 대해 알아차리지 못한 채, 그저 이리저리 끌려다니듯 주변의 온갖 소음과 정보에 휘둘리며 살아가곤 한다. 그렇기에 원하는 것이 현실로 선명하게 이루어지지 않는 것이다.

먼저 의도를 분명히 하라. 지금 이 순간에 내가 진정 원하는 것이 무엇인지를 스스로에게 물어 보라.

오늘 하루, 출근해서 사무실에 들어갈 때, 친구를 만나 대화를 나눌 때, 자식 문제로 힘들어 하는 아내와 대화를 나눌 때, 운전할 때, 스마트폰을 꺼내어 들 때 등 모든 순간 그것을 하기 전에 먼저 이다음 순간 하는 일에서 내가 진정 하려는 것은 무엇이며, 원하는 것은 무엇인지를 선명하게 그려 보라.

목표를 분명히 하고 목표에서 벗어난 수많은 소음이나 정보들이 들어올 때, 잠깐 멈춘 뒤, '이것은 내 진정한 의도와 맞는 것인가?' 하고 질문을 던져라. 다시 본래 원하던 방향으로 선회할 수 있는 힘을 실어 줄 것이다.

스마트폰으로 특정 사건을 검색하려고 하다가 이메일 속에 쌓여 있는 온갖 처리되지 않은 스팸메일을 정리한다. 이처럼 이 금쪽같은 시간에 소모하기에는 그다지 중요하지 않은 다른 일을 처리하느라 정작 해야 할 일은 하지 못한 채 시간을 허비해 버린 일은 없는가?

쉬는 날 해야 할 일을 계획해 놓았지만 잠깐 텔레비전을 시청하려고 무의식적으로 집어 든 리모콘 때문에 그날 하루의 일정이 틀어져 버린 적은 없는가?

왜 없겠나. 우리는 그런 일들을 무수히 많이 겪었다. 그런 일을 매 순간, 매일 겪고 있으며, 좌절하고 있다. 그럼에도 불구하고, 여전히 주변의 온갖 소음과 정보들로 인해 나의 본래 의도에서 한참을 벗어나는 수많은 일들에 에너지를 낭비하고, 힘을 소모한다. 그런데 그렇게 등장한 뜬금없고 의도되지 않은 생각이나 일들이 나의 초점을 잡아끌어 결국 일정 부분 현실로 창조된다는 데 문제가 있다.

내가 의도하지 않은 수많은 일들이 벌어지고, 내가 원하지 않은, 뜬금없어 보이는 수많은 일들로 삶이 복잡해질 수밖에 없는 이유가 여기에 있다. 그것은 내가 끌어당긴 것이다. 부주의하고 깨어 있지 못한 마음이 그 모든 것들을 끌어모으고 수집해 온 것이다.

그래서 늘 깨어 있는 마음으로 지켜보는 것이 필요하다. 그리고 꼭 필요한 순간 효과적으로 그 마음을 집중하여 쓸 수 있어야 한다.

그때 우리 마음은 강력한 힘을 가진다. 마음에서 일으킨 것은 무엇이든 곧장 이루어진다. 내부에서 번뇌와 망상, 온갖 생각들이 방해하지 않고, 외부에서 들어오는 소음과 정보와 말들의 홍수로 방해받지 않은 채, 내 스스로 필요한 것에 대해 마음의 포커스를 맞추고, 발원을 하라. 그렇게 된다면 모든 힘은 바로 그 한 지점으로 집중되어, 돋보기에 불이 붙듯 활활 타오르게 될 것이다.

인터넷에 접속하기 전에 내가 무엇을 하려고 접속했는지를 먼저 분명히 해 두라. 텔레비전을 켤 때는 언제까지 어떤 프로그램을 볼 것인지를 내 스스로 주도적으로 결정하는 습관을 가져 보라. 언제든 내 안에서 주의를 집중하는 것이 무엇인지, 관심을 가지고 지켜보는 것이 무엇인지를 살펴보라. 그렇게 함으로써 외부 경계에 휩쓸리기보다는 언제나 내 삶의 주인이 되어 내 스스로 내 삶을 만들어 낼 수 있다.

수희찬탄이라는 창조의 노래

삶의 모든 것들을 찬탄하라. 살아 있음을 찬미하라.
매 순간 마주하는 모든 것들을 찬양하라.
근원에서 본다면 이 세상엔 찬탄할 일 외에는 없다.
삶의 진실을 깨닫게 되면 수희찬탄이 일상이 된다.

사람들은 위인전이나 다른 사람의 성공 스토리에 관심을 가진다. 왜 그럴까? 그 위인이나 주인공의 성공 스토리와 삶을 깨닫는 이야기를 보면서, 우리도 간접적으로 배우고 깨닫기 때문이다. 상대방의 삶의 교훈을 가슴 깊이 받아들이고 깨닫게 된다면 그 주인공이 발전한 만큼 나 또한 발전하고 깨닫게 된다. 상대방을 통해 내가 성장하는 것이다.

뇌과학자들은 우리의 뇌가 현실과 가상을 구분하지 못한다고 말한다. 마찬가지로 불교에서도 현실 또한 사실은 가상현실에 불과하기 때문에, 현실만 중요한 것이 아니라 마음이 중요하다고 누누이 강조한다.

불교에서도 수희찬탄(隨喜讚嘆)이라고 하여 남들이 잘하거나, 보시한 것에 대해 내가 함께 기뻐하며, 칭찬하고 찬탄해 주게 될 때 그의 장점과 보시의 공덕은 나에게도 똑같이 주어진다고 한다.

용수 보살의 『대지도론』에서는 수희찬탄에 대해 다음과 같이 비유하고 있다.

"어느 날 향을 팔러 나선 상인이 사람들의 통행이 잦은 거리에서 향을 팔고 있었다. 좋은 향기가 진동하자 사람들은 걸음을 멈추고 향을 구경하기 시작하였다. 거리의 향 내음을 중심으로 하여 사려는 사람, 팔려는 사람, 구경하는 사람 등 향을 바라보고 있는 사람들의 목적은 각각 다르지만, 정작 가장 중요한 향의 내음은 누구의 소유도 아니고 모두가 공유하며 즐기고 있었다."

부처님께서는 이러한 향 내음의 비유로, 수희찬탄의 공덕을 설하신다. 수희찬탄하는 것은 바로 향 내음을 공유하는 것과 같다. 좋은 향 내음이 있는 곳에 같이 있으면서 함께 기뻐하고 찬탄해 주기만 하더라도 그 향 내음을 함께 맡을 수 있는 것처럼, 수희찬탄만 하더라도 그 모든 공덕을 얻게 된다고 설하신다. 내가 직접 보시를 하거나, 좋은 일을 하지 않더라도 그것을 함께 기뻐하고 찬탄해 주기만 하여도 그 공덕을 공유하게 된다는 것이다.

그래서 영화 한 편, 텔레비전 프로그램 한 편을 볼 때, 혹은 위인전을 읽을 때도 무의식적으로 선택하거나 그저 있으니깐 읽거나 보는 게 아니라 책임감을 가지고 신중하게 선택할 수 있어야 한다. 주인공이 그 영화나 책 속에서 깨닫고 배운 것, 혹은 경험한 것들이 나의 몰입과 집중도에 따라 곧 나의 배움이요, 나의 성취가 될 수 있기 때문이다.

타인에 대한 사랑과 자비심이 담겨 있는 아름다운 영화 한 편을 본 뒤 마음이 행복해지고, 참 잘 만든 영화라고 칭찬·찬탄하고, 나도 저 영화의 주인공과 같이 살아야겠다고 다짐하기만 하더라도 그 주인공이 실천한 사랑의 공덕을 나 또한 받을 수 있게 되는 것이다.

삶에서 만나는 수많은 사람들을 대할 때도 마찬가지다. 그들의 잘못된 점에 대해 욕하는 시간을 가지기보다, 그들의 성공과 깨달음과 지혜를 찬탄하며 배우고자 한다면 그 사람의 성공 스토리는 곧 나의 배움이 될 것이다. 부자가 되고 싶지만, 정작 부자들을 보고 칭찬·찬탄해 주지 못하고, 시기·질투를 하며, 돈 없고 초라한 자신을 보며 우울해 한다면 그 순간 부자의 가능성을 밀쳐 내는 것이다.

현실에서는 가수가 되고 싶지만 정작 노래를 잘하는 사람을 보면서 질투를 하고, 그 사람보다 노래를 못하는 자신을 보며 불만족과 초라함을 느끼게 된다면 소망하는 것에서 멀어지는 역창조가 일어난다. 반대로 노래 잘하는 사람을 보면서, 함께 기뻐하고, 찬탄하면서 그 노랫소리에 푹 빠져 행복해진다면 그것이야말로 가수가 되고 싶은 소망과 조화를 이루면서 소망을 더욱더 빠르게 끌어당기는 것이다.

스님이나 수행자들의 수행 이야기나 지혜를 깨달은 이야기 등을 자주 접하면서 그 구도와 깨달음에 몰입하고 감동하며 찬탄하고 배우게 된다면, 그것은 곧 나의 발전으로 이어진다. 역사 속 큰스님이나 부처님, 성자와 성인들의 스토리가 나의 삶과 연결되는 것이다!

그렇기에 우리는 매 순간, 내가 무엇을 보고, 어떤 사람을 만나며, 어떤 삶의 스토리에 관심을 가지고 기뻐하는지, 어떤 사람의 어떤 행동을 칭찬하고 찬탄할지에 대해 스스로 책임감을 가지고 주도적으로 선택할 수 있어야 한다.

내가 원하는 바대로 이미 되어 있는 사람을 축복해 주고, 칭찬해

주고, 그와 함께 기뻐해 보라. 수희찬탄해 주라. 함께 기뻐하고 찬
탄해 줄 때 바로 그 덕목이 나의 것으로 바뀌는 창조가 일어난다.
수희찬탄해 주는 것은 곧 수희찬탄을 받을 만한 일을 끌어당기는
것이다.

자기 운명의 주인이 되라

정해진 사주팔자는 없다. 정해진 운명 따위도 없다.
삶은 끊임없이 변하고 그 변하는 삶의 주관자는 바로 나다.
어떻게 마음을 쓰느냐에 따라 미래는 끊임없이 변화한다.
사주에 의지하지 말고, 자기 운명의 주인이 되라.

정해진 사주팔자는 없다. 정해진 운명도 없다.

종종 결혼을 앞둔 젊은 커플들이 사주팔자가 너무 안 좋아 헤어져야 한다면서 괴로워하는 것을 본다. 사주팔자 때문에 사랑하면서도 결혼을 못한다는 건 얼마나 안타까운 일인가. 그럴 이유가 없다.

그 둘은 아웅다웅하며 삐걱거릴지라도 그 아픔을 함께 이겨 내고, 그것을 통해 지혜를 깨닫기 위해 서로 만난 영혼의 동반자이기 때문이다. 힘들다고 결혼을 피해 간다면 다른 괴로움을 만나게 될지도 모른다. 어차피 업이란 피해 갈 수 없는 것이기에, 삶을 받아들이는 것만이 최상의 업장소멸의 길이다.

업장도 끊임없이 변해 가는 것이다. 변하지 않고 정해진 것은 어디에도 없다. 변한다는 것은 변화시킬 수 있다는 것을 의미한다.

그렇다! 나는 내 삶의 주관자이며, 창조자다. 정해진 것은 없다. 내가 정할 뿐. 매 순간 우리는 어떤 선택, 어떤 행동을 하면서 다음 순간을 결정짓고 있다. 매 순간 행하는 자신의 행위에 따라 미래는 끊임없이 변해 간다.

가난한 사람일지라도 베푸는 행위를 통해 부자가 될 수도 있고, 미워하는 사람을 용서함으로써 화병이 나을 수도 있다. 방생의 공덕으로 생명이 늘어날 수도 있다. 점이나 사주팔자에 의지하지 말고, 자기 운명의 주인이 되라.

복이 늘어나고 줄어드는 이유

누구나 자신이 가져온 식복과 수명이 있다.
탐낸다고 해서 자기 몫 아닌 것이 오지는 않는다.
탐내고 빼앗은 것은 우주에게 빼앗기게 되어 있다.

음식을 탐하면 수명이 짧아진다. 누구나 자신이 타고난 식복과 수명이 있다. 물론 삶을 통해 매 순간 온갖 복을 늘리기도 하고 줄이기도 한다. 음식을 베풀 때 식복은 늘어나고, 음식을 탐할 때 식복은 줄어든다. 식탐은 기아와 가난의 과보를 가져온다.

그뿐만 아니라 주어진 식복을 미리 당겨서 다 써 버리면 빨리 죽는 과보를 받게 된다. 실제 과학자들은 많이 먹는 쥐가 적게 먹는 쥐보다 빨리 죽는다는 사실을 밝혀내기도 했다.

모든 복이 마찬가지다. 건강복, 자녀복, 인연복, 재물복, 그 어떤 복이든 정해진 것은 없다. 복력은 매 순간 나의 행위에 따라 끊임없이 늘고 줄기를 거듭한다.

그러나 각각의 복은 따로따로 지어야 한다. 재물복이 있다고 수명복까지 함께 느는 것은 아니다. 식복은 있지만 건강복이 없을 수도 있다.

무엇이든 베푸는 것은 다시 우주로부터 받게 되어 있다. 반대로 탐하고 빼앗은 것은 우주에게 빼앗기게 되어 있다. 이웃의 건강을 챙겨 주면 내가 건강해지고, 내가 먼저 좋은 인연으로 다가서면 인연복이 생긴다.

매 순간 나의 행위가 삶에서 내가 받을 복이 무엇인지를 보여 준다.

'좋은 말로 할 때' 깨달으라

부모가 자식을 사랑하기 때문에 매를 대듯
우주는 우리에게 괴로움을 보내 준다.
그 고통을 통해 삶의 지혜를 깨달으라는 이유다.
그러나 고통이 필수인 것은 아니다.
좋은 말로 할 때 깨닫는다면 고통은 와도 오지 않는다.

죄를 지으면 반드시 그 죗값을 치러야 할까? 사실 진리는, 부처님은 죄 지은 사람을 반드시 단죄한다는 법칙을 만들지 않았다. 아무리 큰 죄를 지었다 할지라도 오로지 대자대비한 사랑으로 용서할 뿐이다.

그렇다면 인과응보는 뭐고, 지옥은 또 무엇일까? 그리고, 나쁜 짓한 사람도 다 용서받는다면, 왜 애써 착한 일을 해야 하는 것일까?

보통 사람들은 인과응보의 목적을 단죄, 혹은 착한 사람에게 보상을 하는 것이라고 생각한다. 그러나 인과응보의 목적은 '깨달음'에 있다. '죄를 지었으니 당연히 벌을 받으라'는 것이 아니라, 자신의 죄를 깨닫고 참회하도록, 자신의 잘못을 깨닫게 해 주기 위한 목적으로 인과응보가 일어나는 것이다.

그것이 우주법계의 특성이며, 진리의 근원적 본성이다. 진리의 성품은 판단, 평가, 생각, 분별이 아니라, 무분별의 무한한 자비와 사랑이다.

그것이 바로 동체대비(同體大悲)의 사랑이며, 부모님의 사랑의 매와도 흡사한 방식이다. 부모님은 죄를 지은 자식이 미워서 벌을 주는 것이 아니다. 자식을 너무나도 사랑하기 때문에 다음부터는 그런 잘못을 저지르지 않도록, 깨닫게 하기 위해 벌을 주는 것이다. 결과적으로 벌을 받는 것은 똑같은 것 아니냐고 하겠지만, 이렇게 해서라도 깨달음을 얻는 것은 삶의 방식에 큰 변화를 가져온다.

즉 죄업을 지었을지라도 벌을 받기 전에 먼저 참회하고 깨닫게 된다면 그 죄의 과보를 받지 않아도 된다는 뜻이다.

그래서 불교에서의 인과응보는 기계적인 것이 아니라고 한다. 무조건 받아야만 하는 것이 아니라, 얼마나 깨달았느냐에 따라, 더 크게 혹은 더 작게 받게도 되고, 다른 방식으로 받음으로써, 받지 않는 효과를 얻게 될 수도 있는 것이다.

소금물의 비유도 이 원리를 표현하고 있다. 물그릇에 소금(죄업)이 가득 담겨 있으면 어떻게든 그 소금물을 다 자신이 먹어야 한다. 그러나 그릇을 크게 키우고 물을 더 채워 마신다면 소금물을 계속 마시더라도 그리 짜지 않게 먹을 수 있다. 여기에서 그릇을 키운다는 것이 바로 깨달음을 의미한다. 깨닫게 되면 지혜가 성숙되고, 그것은 곧 자비와 사랑이 깊어짐을 의미한다.

깨닫는다는 것은 곧 자비로워진다는 것을 의미한다. 내가 상대방을 괴롭혔지만, 과보를 받기 전에 스스로 참회하고 깨닫게 된다면, 상대방을 괴롭힌 것에 대해 반성하면서 상대방을 향한 자비와 사랑이 여물게 될 것이다. 즉 그릇을 키운다는 것은 곧 깨달음과 사랑, 지혜와 자비가 깊어짐을 의미하는 것이다.

만약 당신의 삶에 어떤 역경, 고난, 괴로움, 병이 찾아왔다고 해 보자. 그것 역시 바로 당신을 깨닫게 해 주고 싶기 때문이다. 감사하게도 이 우주법계가 당신에게 깨달음과 사랑이라는 축복을 전해 주고 싶어진 것이다!

당신이 경전으로는, 말로는, 책으로는, 지금까지의 삶에서는 아직까지 깨닫지 못하고 있기 때문에, 그리고 좀 더 실질적이고, 체험적인 사건을 통해서만 당신이 깨닫게 되리란 것을 알기에 어쩔 수 없이 고통스러운 사건을 보내 준 것이다! 당신을 자기 몸처럼 사랑하기 때문에 그렇게라도 깨닫게 해 주고 싶은 것이다.

인기 많고, 돈 잘 벌고, 무엇하나 부족한 것 없던 연예인이 자칫 거만해지고, 아집에 사로잡혔다고 해 보자. 그런 삶은 더 이상 배울 것이 없어졌기 때문에 그를 위해 역경을 하나 만들어 준다. 한참 잘 나갈 때는 아무리 좋은 조언을 해 주고, 금구성언을 들려주더라도 그것이 좋은 줄 모르기 때문에, 더 이상 그런 방법을 쓰지 않는 것이다.

몸 관리도 안 하고, 운동도 안 하고, 매일 술과 담배에 찌들어 살면서 일에만 매달려 있거나, 성공만 향해 달려가던 사람에게는 '초기 암' 정도의 병을 준다. 그렇게 해서 그의 속도전 같던 삶에 브레이크를 걸어 주기도 한다. 잠시 빠르게 가던 삶의 속도를 멈추고, 나와 남을 돌아보고, 집착과 욕망을 비우면서 삶이 주는 아름다운 것들을 누려 보길 권하는 것이다.

이처럼 모든 괴로움은 언제나 깨달음의 가능성을 내포하고 찾아온다. 또한 당신을 돕기 위해 찾아온다. 당신이 죄 지은 것이 많아서 그 죄를 응징하려고 오는 것이 아니라, 당신을 사랑하기 때문에 (자비), 당신을 깨어나게 하기 위해서(지혜) 오는 것이다. 즉 모든 괴로움은 곧 '지혜'와 '자비'를 품고 온다.

이처럼 모든 사건이나 문제는 그것 자체로써 우주법계의 대자 대비한 사랑이 투영된, 당신을 깨닫게 해 주기 위해 계획된 감사한 일이다. 하지만 당신이 그것을 어떻게 받아들이느냐에 따라 그것은 좌절로도 희망의 씨앗으로도 바뀔 수 있다.

인류의 위대한 인물들은 모두 하나같이 고통과 역경을 통해 큰 깨달음을 얻었다. 심지어 텔레비전 토크쇼 주인공들도 마찬가지다. 그들은 한결같이 자신의 힘들었고, 고통스러웠던 때를 회상하며 그때의 고통이 현재의 자신을 만들었다고 말한다.

괴로움은 누구에게나 찾아오지만, 지혜로운 이는 그것의 목적을 바로 알아 깨닫고, 어리석은 이는 그 고통에 빠져 좌절하고 무너진다.

만약 당신이 과거에 지은 죄업으로 인해 죄의식에 빠져 있거나, 용서받지 못할 것 같은 두려움에 빠져 있거나, 참회해야 할 어떤 것이 있다면, 혹은 지난날의 악업을 털어 내고 싶다면 어떻게 하면 될까?

진리와 이치를 아는 이라면, 더 이상 죄의식에 시달리거나 두려움에 빠져들어야 할 아무 이유가 없음을 알았을 것이다. 그렇다. 죄업의 과보를 받지 않을 수도 있다. 어떻게 하면 될까? 깨달으면 되는 것이다.

'좋은 말로 할 때' 깨달으면 되는 것이다!

아랫사람을 혹사시키고 괴롭혀 오던 사람이 어느 순간 진리의 말씀을 듣고 자신이 얼마나 어리석었는지를 깨달았다고 해 보자. 그 사람은 괴롭힘을 당하던 이들이 얼마나 힘들었는지를 깨닫고, 그들에게 용서를 구할 것이다. 그리고 다른 사람에게 고통을 준 자기 자신을 참회하고 용서해 줄 것이다. 그럼으로써 더 이상 그 누구도 괴롭히지 않고 사랑과 자비와 나눔의 삶을 살기 시작한다. 그렇게 되면 그는 더 이상 죄업의 과보를 받을 이유가 없어진다.

그는 1년 뒤부터 직장 상사에게 자신의 행한 것과 동일한 방식으로 괴롭힘을 당할 일이 과보로서 예정되어 있었을지 모른다. 하지만 이제 깨달았기 때문에 더 이상 그 과보를 받을 이유가 없어진다.

이 세상을 고해(苦海)라고 한다. 말 그대로 고통의 바다다. 그러나 그 고통에는 다 이유가 있다.

천상 세계에는 너무 좋은 조건만 있기 때문에 삶의 성숙과 깨달음이 더디다. 그래서 고통의 바다인 인간계에서 고통을 통해 성숙하고 깨닫겠다는 것이 인간계에 태어난 사람들의 공통된 목적이다. 이러한 생의 목적을 생각한다면, 우리 앞에 놓인 고통 앞에서 더 이상 좌절하고 있을 수만은 없다. 왜 자신에게 고통스러운 일이 생기는지 원망할 일이 아니란 것을 알게 될 것이다.

그 고맙고도 감사한 괴로움을 '받아들이고', '용서하고', '감사해하고', '사랑해' 주자. 그것이야말로 이 고해에 태어난 목적을 완수할 수 있는 길이 아닌가.

거부하면 거부하는 것이 창조된다

거부하면 거부하는 바로 그것이 도리어 창조된다.
거부하는 데 쓰는 에너지는 거부하는 대상을 끌어온다.
밀쳐 내는 데 쏟는 에너지를 멈춰 보라.
있는 그대로 허용해 줄 때 그 대상은 사라진다.
거부된 것이다!

싫어하고 거부하면 그것을 거부하기 위해서 에너지를 쏟게 된다. 그러나 아이러니하게도 거부하는 데 쏟아 부은 에너지는 곧 거부하던 것을 다시금 삶 속으로 끌어오는 에너지로 작용한다. 절대 만나지 않기를 바라던 사람들을 자꾸 만나게 되고, 죽어도 하기 싫었던 것들을 계속해서 할 수밖에 없게 된다.

살을 빼기 위해 음식을 안 먹으려고 노력하면 할수록 음식을 향한 욕구는 더욱더 강렬해진다. 거식증이 머지않아 폭식증으로 바뀌는 이유다. 음식을 거부하는 에너지가 오히려 음식을 끌어오는 데 사용된 것이다.

반면에 싫어하는 것이라고 할지라도 과도하게 거부하려고 하지 않고 있는 그대로 받아들여 주면 어떨까? 싫어하는 것을 거부하는 데 에너지를 쓰는 대신 그저 잠깐 비켜 서 있는 것이다.

그렇게 되면 싫어하는 것은 에너지를 부여받지 않기 때문에 내 삶에 등장할 동력을 상실한다. 받아들이고 수용하면 오히려 사라지는 것이다. 거부하기를 완전히 멈출 때 비로소 거부되는 것이다!

그러나 거부하지 않고 받아들이면 사라지겠지 하는 마음으로 싫어하는 것을 수용하는 것은 참된 수용이 아니다. 그런 마음 마저도 완전히 멈추고, 아예 그것과 함께 있어 주는 것이 참된 수용이다.

싫어하고 거부하는 것일수록 오히려 허용하고 받아들여 보라. 가슴을 활짝 열고 환영할 때 오히려 사라진다. 거부된 것이다! 이것이 바로 우주의 아이러니다.

평범한 날을
신비한 날로 바꾸는 마법

내가 살아 있는 것이 당연하다고? 아니다. 감사한 일이다.
내가 밥을 먹는 게 당연하다고? 아니다. 감사한 일이다.
삶에 당연한 것은 없다. 고맙고 감사한 일들이 있을 뿐.
평소 당연하게 생각했던 것들에 '감사'의 예를 갖추라.

내가 살아 있는 게 당연하다고? 그렇지 않다. 그것은 여간 감사한 일이 아니다. 당장 죽어 가는 이들에게 살아 있음은 전혀 당연하지 않은, 무한히 감사할 일이다.

밥 한 끼 먹는 것이 당연하다고? 아니다. 밥 한 끼를 못 먹어 죽어 가는 이들에게 밥 한 끼는 당연한 것이 아니라 놀랍도록 감사한 일이다.

두 눈이 있는 것이 당연하다고? 아니다. 실명 위기에 처한 이들에게 멀쩡한 두 눈은 최상의 행복이다.

입을 옷이 있다는 것, 잔소리 해 주는 어머니가 있다는 것, 가야 할 직장이 있다는 것, 같이 술 한 잔 할 친구가 있다는 것, 사랑하는 사람이 있다는 것, 이 모든 당연한 것들이 사실은 전혀 당연하지 않은, 놀랍도록 감사하고 감동적인 일이다.

감사는 감사할 만한 조건이 주어졌을 때 오는 것이 아니다. 어떤 조건 속에서도 감사를 발견하는 이에게 주어지는 창조적인 행복 에너지다. 감사야말로 가장 강력한 창조의 동력이다. 주어진 조건이 감사한지 아닌지를 판단할 것이 아니라, 주어진 조건 속에서 감사할 일을 발견하고 감사함을 느낀다면 그것은 더 많은, 감사한 일들을 만들어 내게 될 것이다.

당연하다고 생각했던 것들에 '감사'의 마음을 보낼 때 삶은 더 이상 당연하지 않은 신비의 공간임이 드러난다. 참된 행복은 아무런 맛도 없고 밋밋한 이 평범한 하루 속에 있다.

chapter 5 지혜

첫 마음이 전부다

영혼자신을 때흘리 우뚝 새겨둔다

편안히 머무를 곳을 찾지 마라.
어디에도 영원히 안주할 수 있는 곳은 없다.
머물러 있을 때라도 그것이 '잠시'임을 잊지 마라.
우리는 이 우주를 여행하는 나그네일 뿐이다.

우리가 편안히 머물러 전적으로 기댈 수 있는 것이 있을까? 사람에, 사랑에, 돈에, 명예에 기댈 수 있다고 생각하지만 그것들은 영원하지 않다. 거기에 기대어 집착하고 머물고자 하는 것은 괴로움을 미리 준비해 두는 것과 같다.

그럼에도 우리는 영원히 머물 곳을 찾는다. 내 집을 찾고, 내 배우자, 내 돈, 내 땅을 찾는다. 그러나 집과 땅도 영원히 내 것일 리없고, 남편과 아내도 서류 한 장이면 남남이 될 수 있다.

가족에게도 너무 과도하게 의지하지는 마라. 우리 모두는 저 영원에서 잠시 여행 와 이 한 생의 동반자로 잠시 걷기를 약속했을 뿐이다. 근원에서는 모두 혼자일 수밖에 없다. 그러니 과도하게 구속할 것도 없다. 그들에게도 자신의 삶이 있고, 자기만의 여행 스케줄이 있다.

영원히 의지할 곳, 편안히 머물 수 있는 도피처는 세상 어디에도 없다. 이 우주를 여행하는 나그네가 되라. 머물 때라도, 그것이 '잠시'임을 잊지 마라. 영원한 내 집은 없다. 오히려 머물지 않을 때 우주가 내 집이다.

사실 우리는 어디에도 의지하지 않으면서 홀로 우뚝 설 수 있는 우주적 존재다. 누구에게도 의지하지 않을 때, 기댈 필요가 없는 존재가 되는 것이다. 모든 인연과 어울려 살되, 과도하게 의존하지 않을 때 오고 감에 자유로운 사람이 된다.

ㄱㄱ흥, ㄱㄱ것이
ㅇㅇㅇ여야 할 자리

내가 누구에게 보시한 것이 아니다.
다만 인연 따라 가야 할 곳으로 갔을 뿐이다.
세상 모든 것은 정확히 있어야 할 바로 그곳에 놓여 있다.
내가 얻거나 잃은 것이 아니라,
그저 있어야 할 곳에 있는 것일 뿐.

내가 누구에게 보시한 것이 아니다. 다만 인연 따라 가야 할 곳으로 그저 갔을 뿐이다. 내가 부자였다가 가난해진 것이 아니다. 돈이 다만 인연 따라 잠시 왔다가 가야 할 때가 되어 갔을 뿐이다.

세상 모든 것은 언제나 있어야 할 정확한 곳에 있을 뿐이다. 하지만, 사람들은 '네 것', '내 것'이라고 분별하고, '주고', '받았다'고 생각함으로써 번뇌를 만들어 낸다. 분별심을 내어 벌었다느니 잃었다느니, 부자라느니 가난하다느니 하며 울고 웃는다.

1,000만 원의 재산은 크지도 작지도 않지만, 분별해 보면 인도나 아프리카에서는 부자이고, 한국에서는 가난이다. 그것은 분별심일 뿐, 정해진 부와 가난이 아니다.

세상 모든 것들은 언제나 자신이 있어야 할 자리에 그저 있을 뿐이다. 바로 지금 있는 그곳이 그것의, 그의 있어야 할 자리다. 그러니 지금 이 자리가 아닌 다른 자리를 탐내지 마라. 지금으로써는 이 자리가 정확한 내 자리다.

지금 이 자리에서 깨달아야 할 것을 깨닫는다면 다음의 자리로 도약할 것이다. 잠시 좋아하는 것이 내게 왔다고 해서 집착하지도 마라. 때가 되면 떠나갈 것이다.

내가 시비 걸지만 않으면, 분별만 없으면 세상은 언제나 고요하고도 완벽하게 제자리에 있을 것이다.

절대적으로
옳다는 생각은
절대적으로 틀리다

내 방식, 내 생각만 옳다고 고집하는 사람일수록
나와 다른 타인의 방식을 향해 싸움을 건다.
내 생각은 가장 옳은 것이 아니라, 옳은 생각 가운데 하나일 뿐이다.
절대적으로 옳다는 생각이야말로 절대적으로 옳지 못하다.

우리는 예전에 절대적으로 옳았다고 여겼던 것들, 그래서 사로잡히고 목숨걸고 집착해 왔던 것들이 시간이 지남에 따라 절대적으로 옳은 것은 아니었음을 깨닫곤 한다.

예전에 커피전문점이 생긴 지 얼마 안 되었을 때, 한 후배는 3,000원 이상 하는 커피를 사먹는 사람을 도저히 이해 못하겠다고 하였다. 그러면서 자신은 돈을 아무리 많이 벌어도 절대 저런 미친 짓은 하지 않겠다고 했었다. 그런데 지금은 어떤가. 그 후배는 요즘 테이크아웃 아메리카노를 입에 달고 산다.

또 예전에 한 여자 후배는 어떻게 정상적인 사람이 저렇게 몇백만 원 하는 명품가방을 들고 다닐 수 있느냐고 하면서, 비싼 가방을 들고 다니는 여자들을 혐오하곤 했다. 물론 그 후배도 지금은 돈 잘 버는 남편에게 시집가서 비싼 가방을 몇 개씩 들고 다닌다.

웃겠지만, 우리도 과거에 절대 저러면 안 된다고 여겼던 것들을 하게 되는 경우가 많다.

사실 이 세상에는 절대적으로 옳은 것도 그른 것도 없다. 그렇기에 아무리 옳은 것이라도 거기에 지나치게 집착하면 그것은 옳지 않은 것이 되고 만다. 어떤 것이 좋을 때 '나는 그것이 좋아'라고 말할 수는 있다. 하지만 '그것만 좋아'라고 할 때 우리는 자동적으로 그것이 아닌 것들을 좋지 않은 것으로 만든다. 둘로 나누어 차별하는 분별심이 작동하는 것이다. 분별심은 우리를 중도의 지혜에서 멀어지게 만든다.

예를 들어 이 방식만이 옳다고 할 때 다른 방식은 틀린 것이 된다. 둘로 나누어 하나는 선택하고 하나는 버려진다. 취하고 버리는 극단으로 치닫는 것이다. 그럼으로써 다른 방식의 장점들을 배울 수 있는 가능성을 닫아 버린다.

특정 종교에 사로잡힌 사람은 그 종교만이 절대적 진리라고 여긴다. 이 사람은 자기 종교의 울타리 안에서는 훌륭한 사람일지 몰라도 그 종교 바깥의 사람들이 보기에는 우매하고 어리석은 맹신자일 뿐이다.

만약 어떤 이가 불교만이 절대적으로 옳은 유일한 진리이며, 불법만이 진리라는 확고한 믿음이 있다면 그는 불교를 잘못 알고 있는 것이다. 심지어 '불법은 이것이다'라는 믿음조차 잘못된 것이다. 불법은 '이것이다'라고 할 만한 어떤 것을 내세우지 않는다. 내세울 것이 없고, 정해진 것이 없는 것이 불법이기 때문이다.

불교만이 유일한 절대적인 진리라고 여긴다면 그는 법상(法相)에 갇힌다. 정해진 무언가가 불법 안에는 없다. 확연무성, 넓고 텅 비어서 성스럽다고 할 만한 것조차 없는 것이 바로 불법의 텅 빈 충만이며 광대무변함이다.

절대적으로 옳다고 확신하는 생각이야말로 정확히 틀렸다는 것을 기억하라. 옳고 그른 모든 생각은, 다만 제 스스로 허공에 금을 긋고 이쪽은 옳고 저쪽은 그르다고 여기는 관념 속의 허망한 놀이일 뿐이다.

내 생각은 가장 옳은 생각이 아니라, 많은 옳은 생각 가운데 하나일 뿐이다. 자기 방식이 옳다고 굳게 믿게 되면 타인과 싸울 일만 늘어나고, 괴로움만 더해 갈 뿐이다. 그것은 하나의 폭력이다.

'내가 옳다'는 생각의 틀에서 유연하게 놓여날 때 비로소 더 큰 깨달음이 온다. 더 드넓은 가능성의 공간이 열리고, 자비와 지혜가 드러난다.

세상 모든 것은 저마다의 아름다움이 있다. 보다 열려 있는 사람이라면 모든 것들 속에서 저마다의 아름다움을 발견할 것이다. 이 세상 모든 것들은 저마다의 방식으로 삶을 꽃피우고 있다. 그리고 다른 존재와 서로 배우고, 가르치고 있다.

치우쳐서 분별하지 않을 때 삶은 있는 그대로의 지혜를 우리에게 선물해 줄 것이다.

한 번 긁은 것은 님을 의지 않다

인연 따라 올라온 생각을 진짜라고 여기지 마라.
라면 광고를 보면 라면이 먹고 싶어지듯이
어떤 아파트가 대박난다는 말을 들으면 덜컥 계약을 한다.
인연 따라 생긴 것은 허망한 것, 사로잡히지 마라.

늦은 밤, 배도 출출한데 우리가 좋아하는 날씬한 연예인이 라면을 맛있게 먹는 광고가 나오면 갑자기 더 배가 고파지면서 라면이 먹고 싶어진다. 그 광고가 나오기 직전까지만 해도 라면을 먹을 생각은 전혀 없었지만, 광고를 본 후 모든 게 달라졌다. 나는 지금 배고픈 사람이 되었고, 라면을 먹고 싶은 마음이 생겨났다.

이럴 때 우리는 라면을 먹고 싶은 마음이 진짜라고 착각을 하게 된다. 그 마음을 실체화하여 배고픈 상황 속에 딱 몰입되는 것이다. 사실은 내가 진짜로 배고픈 사람인 것이 아니라, 라면 광고를 본 인연에 따라 배고픈 마음이 올라왔을 뿐인데, 우리는 그렇게 생각하지 않는다. 나는 진짜 배고픈 사람이라고 굳게 믿어 버리고, 배고픈 나를 실체화하는 것이다.

작은 비유를 드니 우습게 여기겠지만, 사실 모든 것은 이와 비슷하게 생겨난다. 집에 겨울 코트도 있고, 겨울 신발도 있지만, 갑자기 옆에서 친구들이 너도 나도 '득템'했다고 하면서 홈쇼핑 채널의 광고를 보고 주문을 하기 시작하면 왠지 나도 사야 할 것처럼 느껴진다. 사지 않으면 후회할 것 같고, 이 좋은 기회를 날려 버릴 것 같다.

이 정도에서 그치는 것이 아니다. 보다 큰 것들도 사실은 사소하게 시작한다. 사소한 것에 '꽂혔다가' 크게 저지르게 되는 것이다. 그 상품에 꽂히기 시작하면 홈쇼핑 채널이며 마트에서도 그 물건만 보고 생각하게 된다. 그리고 몇 날 며칠이고 가격을 비교해 가면서 그 꽂힌 것에 사로잡힌다. 무언가에 꽂힌다는 것은 곧 사로잡힌다는 것이고, 집착한다는 것임을 알아야 한다.

나와 상담했던 어떤 평범한 회사원은 회사의 윗사람들이 너도나도 주식 투자를 하면서 대박을 내기에, 뒤늦게 그들을 따라 투자했다가 전 재산을 완전히 다 날린 일이 있다고 했다. 그때는 안 하면 나만 뒤처지는 것 같고, 여기에만 투자하면 완전히 대박이 날 게 분명했었다고 한다.

또 어떤 보살님은 남편이 '꽂혀서' 계획에도 없던 아파트 계약을 덜컥 하고 왔던 이야기를 하며 신세한탄을 하셨다.

크고 작은 차이는 있겠지만, 사실 우리 마음속에서 무언가를 갖고 싶은 마음이 생기는 것도 다 라면 광고와 비슷하다. 안 먹어도 되는데, 광고를 보고 나면 더 먹고 싶고, 결국 먹게 된다. 작고 사소한 하나의 인연이 원인이 되어 결국 엄청난 일을 저지르게 되는 것이다.

인연 따라 올라온 생각은 진짜가 아니다. 인연생기(因緣生起)된 모든 것은 허망한 것이다. 인연 따라 생긴 것들이 실체가 아니라 공(空)한 것임을 알기만 한다면, 집착하거나 실체화함으로써 거기에 구속되는 일 또한 사라지게 될 것이다.

나답게 살기 위해
지구에 왔다

누구나 저마다 자기다운 삶의 길이 있다.
남들과는 다른 나만의 사명과 배워야 할 것이 있다.
남의 삶에 기웃거리지 말고, 내 삶의 의미를 찾으라.
나는 나답게 살기 위해 잠시 건너 온 저 너머의 존재다.

누구나 자기 가슴을 뛰게 하는 자기다운 삶의 목적과 사명이 있다. 고정된 실체로서 정해져 있다는 말이 아니라, 가장 자기다운 방식으로, 자기답게 살아갈 수 있는 자신만의 삶이 있다는 것이다.

지금 이렇게 우리 모두가 나답게, 또 자기 존재를 증명하며 살고 있는 것이 그 증거다. 이러한 삶이 자기다운 사명을 스스로 증명한다. 그런 삶이 없다면 나라는 독특한 한 사람은 존재할 수 없다.

나다운 방식대로 우리는 이렇게 살아 있고, 삶을 살아 나가고 있지 않은가. 이 세상에 단 하나밖에 없는 외모, 성격, 삶의 스토리를 가지고, 우리는 오늘도 나만의 길을 걷고 있는 중이다. 그것이야말로 진리의 현현이다. 부처의 숨결이 나로써 피어난 것이다. 그것이 바로 나에게 주어진 사명이다.

누구나 자기 자신에게 주어진 삶 속에서 배우고 깨달아야 할 목표가 있다. 그것은 오직 나만이 할 수 있는 일이다. 다른 사람의 길이 더 멋있어 보인다고, 더 대단해 보인다고 그들의 삶을 기웃거리지 마라. 나 자신의 길을 자기답게 걷는 것이야말로 자기 부처를 완성하는 일이다.

나는 나로서 살기 위해 이 지구에 온 것임을 잊지 마라. 나는 이렇게 이미 완성되어 있다.

우주와 연결된
장엄한 존재

어떤 분야든 최고의 능력을 발휘할 때 무아(無我)를 경험한다.
생각 너머에 무한 가능성과 만날 수 있는 놀라운 자원이 있다.
'나'는 생각이나 육신에 갇힌 작은 존재가 아니라 우주 그 자체다.
법신불(法身佛)로서, 온 우주와 연결되어 있는 장엄한 존재다.

사격 선수들이 사격을 할 때 10점 만점에 딱 하고 꽂히는 순간이 있다. 그럴 때는 예외 없이 사격 선수가 총을 쏘기 직전 두뇌에서 번쩍 하는 순간이 있다고 한다. 그 번쩍 하는 순간이 바로 뇌파가 알파파로 변하는 때이다. 즉, 뇌의 주파수가 알파파로 탁 변하는 순간에는 어김없이 10점 만점에 명중시킬 수 있었다는 것이다.

대뇌 생리학자들은 알파파가 되면 고도의 참선, 명상의 효과가 나타나며, 기억력과 창의력, 집중력이 비약적으로 향상될 뿐 아니라 마음도 편안해지고 안정되며 성격도 밝아진다고 말한다.

또 음악가나 경영자, 비행기 조종사에 이르기까지 누구라도 자신의 분야에서 최고의 능력을 발휘하는 순간에는 언제나 '쨍' 하는 무아의 순간을 경험한다고도 한다.

이 모든 것이 나의 생각과 개념을 넘어서고, 이해를 넘어서서 무한한 가능성과 만날 수 있는 놀라운 자원들을 우리가 이미 충분히 가지고 있다는 것을 의미한다.

그것을 불교에서 말하는 방편으로 쉽게 표현한다면, 우리 내면에 자성불, 혹은 불성이 있다고 할 수 있을 것이다. 또 외부적으로는, 우주법계에는 무한한 지혜와 가능성이 늘 있는데, 나라는 존재는 안테나와도 같아서 그 무한한 자원과 지혜의 보고에 언제나 접속해 수신할 수 있다고 표현할 수도 있을 것이다. 물론 외부의 법신불과 내부의 자성불은 둘이 아니다.

양자물리학자들에 의하면, 이 우주의 모든 것들은 진동하는 파동으로 이루어져 있다. 그 파동이 골에서 마루로, 또 마루에서 골로 바뀌는 바로 그 순간의 지점에서는 모든 존재가 우주 전체에 편만하게 존재하고 있음을 발견했다. 즉 우리라는 존재는 한 생각 일으켜서 시간과 공간 그 어느 곳으로도 힘을 내보낼 수 있는, 온 우주에 편만한 존재라는 것이다. 『화엄경』에서도 한 생각 속에 무량한 시간이 있으며, 하나 속에 전체가 담겨 있다고 설한다.

우리는 '나'라는 육신 속에 갇혀 있는 제한된 존재가 아니다. 우리는 시공을 초월해 우주 전체와 연결되어 있는, 나를 넘어선 존재다. 내 스스로 관념에 묶여 틀에 박힌 삶에 자신을 가두지만 않는다면, 우리는 무한한 나로 확장된다. 그렇다! 나는 이 몸에 틀어박힌 작은 존재가 아닌 법신불로서 우주를 몸으로 하는 장엄한 존재다.

법회 전 잠시 입정을 할 때 나는 이렇게 기도하곤 한다.

"저는 부처님 법을 다 알지도 못하고 어떻게 전해야 할지도 모릅니다. 근원의 부처님께서 이 존재를 통해 알아서 법을 전하십시오. 이것을 통해 우주법계의 진리가 흘러나오도록 나 자신을 활짝 열어 놓고 허용합니다. 부처님께서 알아서 하십시오."

완전히 내맡기는 것이다. 내가 설법을 해야 한다거나, 잘해야 한다거나, 사람들을 바꿔야 한다거나 하는 생각을 내려놓고, 다만 나를 활짝 열어 법이 나를 통해 전해질 수 있도록 허용하는 것이다. 그러면 때때로 한 번도 생각해 본 적 없는 것들이 올라와 전해지고 있음을 느끼곤 한다.

나라는 존재 속에 자신을 가두지 마라. 나라는 존재를 활짝 열어두고 무한한 확장이 가능하도록 나를 허용해 보라.

심각한 일은 없다

삶에 심각한 것이 없게 하라.
가볍게 그 모든 것들이 오고 가도록 내버려 두라.
삶의 이야기는 인연 따라 왔다 가는 꿈과 같은 것일 뿐이다.
실체가 아닌 꿈 때문에 심각해 할 것은 없지 않은가.

심각한 것이 과연 있을까? 심각해지려면 심각해 할 만한 무언가가 실제로 있어야 한다. 어젯밤 꿈속의 일을 가지고 심각해 하는 사람은 없을 것이다. 그것은 진짜가 아니기 때문이다.

삶도 마찬가지다. 삶에서 심각하거나 중요한 것이 많을수록 삶의 스토리에 빠져들어 실체화하고 있다는 반증이다. 삶의 모든 내용물들은 그저 인연 따라 잠시 왔다가 가는 허망한 것일 뿐이다. 존재도, 물질도, 감정도, 욕망도, 소유물도, 너도 나도 모두가 잠시 왔다가 가는 헛된 그림자일 뿐 진짜가 아니다.

심각해 한다는 것은 그것이 진짜라고 착각할 때만 가능하다. 돈 버는 것, 진급하는 것, 사랑하는 것, 그런 것들을 진짜라고 여기면 거기에 목숨을 걸고 달려든다. 그것들을 나와 동일시하기 때문이다.

그러나 있는 그대로의 실존을 바라보면, 그 모든 것은 연기(緣起)된 허망한 것이며, 공(空)한 것이고, 집착할 만한 것이 아님을 안다.

삶에 심각한 것이 없게 하라. 그 무엇이든 가볍게 오고 가도록 내버려 두라. 꿈꾸는 자가 되어 삶을 다만 흥미롭게 꿈꾸기만 하라.

우주의 전적인 지원을 받으려면

우린 언제나 하나를 원하면서 동시에 반대의 것도 원한다.
안 되면 어쩌지 하는 부정적 생각이 곧 안 되는 에너지를 부른다.
망설임이나 주저함, 안 되리란 생각 없이 곧장 결정할 때
우주의 전적인 지원을 받는다. 결과는 결정 안에 이미 있다.

우리는 어떤 일을 행하면서 그 일이 순탄하게 잘 풀리기를 바란다. 그러면서 다른 한편으로는 이 일이 잘 풀리지 않으면 어쩌나 하고 근심 걱정한다. 이것이 바로 하나를 하면서 동시에 반대의 것도 원하는 것이다. 그 일을 추진하는 데 있어 오로지 한 방향으로 마음을 쓰지 못하는 것이다.

안 되면 어쩌지 하는 부정적인 생각이 바로 그 일이 안 되는 방향으로 에너지를 흐르게 한다. 한편으로는 되는 쪽으로 에너지를 쓰면서 동시에 안 되는 쪽으로 쏟게 되니 우주법계에서는 오락가락하지 않을 수가 없는 것이다.

부정적인 생각 없이, 망설임이나 주저함 없이 근원에서 턱 내맡기고 저질러 보라. 결과는 아예 생각지도 말고 다만 행하라.

잘되고 안 되고는 우주의 뜻이라 생각하고 내맡기면 오로지 힘을 한 방향으로 쓰게 된다. 그때 우주의 전적인 지원을 받는다.

결과는 시작하는 마음 안에 이미 담겨 있다. 첫 마음이 전부다.

지혜롭게 먹는 방법

육식보다는 채식을, 대자연과 가까운 음식을,
때를 맞춰 먹고, 조금씩 먹으며, 천천히 먹으라.
자비롭게, 가공이 덜 된, 가까운 곳에서 생산된 것을 먹으라.
내가 먹는 것들이 곧 나다.

육식보다는 채식을, 대자연에 가까운 음식을, 때에 맞춰 먹고, 조금씩 먹으며, 천천히 먹으라.

육식을 하면 그 짐승의 정신적 파동까지 함께 따라온다. 그렇기 때문에 사육 및 도축 과정에서의 온갖 공포심과 짐승의 낮은 파장 등을 몽땅 섭취하게 된다. 심지어 성장촉진제며 호르몬제 등의 폐해까지 따라온다.

자비로운 방식으로 자연스럽게 만들어진 가공이 덜 된 음식이 좋다. 가공된 음식은 존재 본연의 자연 치유를 막고, 몸을 오염시킨다.

그러려면 먼 곳에서 온 음식보다는 가까운 곳에서 생산된 것이 좋다. 먼 곳까지 가져오는 과정에서 온갖 첨가물과 방부처리 등으로 음식 본연의 가치가 훼손되기 때문이다.

또한 때에 맞춰서, 적게, 천천히 먹는 삼박자를 갖출 때, 몸을 살리는 근원적 식습관이 만들어진다. 먹는 것이 곧 나를 이룬다. 모든 음식은 그 나름의 파장이 있으며, 내가 먹는 음식의 파장이 일정 부분 나의 정신적 파장에도 영향을 미친다.

『법구경』 35번 게송 인연담에는 이런 이야기가 나온다. 한 여인이 60명의 스님들이 좋은 조건 속에서 왜 깨달음을 얻지 못하는지를 살폈다. 스님들이 먹는 음식이 적절하지 못했음을 깨달은 여인은 적절한 음식을 공양 올렸다. 음식 덕분에 마음이 고요해진 스님들은 아라한과를 증득했다고 한다.

먹는 것이 곧 깨달음의 중요한 요소이다. 음식이 몸과 마음을 형성시킨다.

나는 당신을 봅니다

노으므를 이기는 것이
바른 것 ㅈ이다

크고 대단한 무언가를 해야 하는 건 아니다.
환한 미소, 칭찬 한마디, 감사의 말 한마디,
그 작은 것이야말로 우주가 우리에게 거는 기대다.
내 앞의 한 사람에게 행하는 것이 곧 우주에게 행하는 것이다.

내가 세상을 구원하겠노라고, 세상 사람들을 위해 위대한 일을 행하겠노라고 생각하는 이들이 있다. 그들은 많은 이들에게 긍정적이면서도 큰 영향력을 미쳐야만 세상을 밝힐 수 있다고 믿는다. 그러나 그렇지 않다.

세상 모든 이들이 사실은 따로따로 떨어진 존재가 아니라 서로 연결되어 있는 전체로서의 하나다. 그들은 나와 다르지 않고, 내 앞에 서 있는 보잘것없는 단 한 사람도 바로 그들 전체의 반영이다. 작은 미물과 광대무변한 우주는 아무런 차이가 없다.

내 앞에서 나와 인연 맺고 있는 바로 그 한 사람이 바로 전체 우주다. 그는 전 우주의 대변자이자, 전 우주가 개별적인 한 존재로 육화한 신(神)이다.

내가 누군가와 인연을 맺는다는 것은 곧 그와 깊이 연결된다는 것이고, 연결된다는 것은 곧 그와의 인연을 통해 우주를 사랑한다는 것을 의미한다.

내가 그를 향해 따뜻한 사랑의 말 한마디를 건네는 것은 사실 온 우주에게 사랑을 건네는 것이다. 감사와 칭찬의 한마디를 건네는 것은 전 우주에게 감사하고 있는 것이다.

우주법계는 우리에게 크고 거창한 일을 기대하는 것이 아니라, 바로 이처럼 내 앞의 단 한 사람을 사랑하고, 내 앞의 현실을 온전히 살아 내기를 기대하고 있다. 내 앞에 있는 사람에게 따뜻한 말 한마디를 건넬 때, 길 위에서 죽어 가는 길고양이에게 음식을 건넬 때 사실 우리는 온 우주 전체를 향해 사랑을 나누고 있는 것이다. 그 작은 자비의 행위야말로 우주가 우리에게 거는 기대다.

대단하고 영향력 있는 사람이 되어야만 이 세상을 위해, 우주를 위해 큰 도움을 줄 수 있는 것이 아니다. 매 순간 우리가 만나는 모든 인연에게 말하고 행동하는 것과 같은 사소한 일상을 통해 우주에 기여하고 있고, 이 우주를 밝히고 있는 것이다.

내 앞에 바로 온 우주가 있다. 즉사이진(卽事而眞) 촉목보리(觸目菩提), 부딪치는 것이 그대로 참된 실상이며 마주치는 것이 그대로 깨달음이다. 당신은 바로 그 평범한 일상을 통해 우주를 만나고 있다. 우리의 말 하나, 행동 하나에 존귀함을 담아야 하는 이유다.

눈앞에 있는 모든 존재가 성스럽고 장엄하며 존귀한 존재들이다. 따로 진리를 찾거나, 거룩한 부처님을 찾거나, 장엄한 신을 찾지 마라. 그것은 언제나 지금 여기에 있다. 내가 만나 인연 맺는 모든 이들, 그들이 바로 진리요, 부처님이요, 장엄한 신이다.

이것이 바로 매 순간 자비를 실천해야 하는 이유이고, 잘났거나 못났다는 분별없이 모든 이들을 부처님처럼 대해야 하는 이유다.

얼마나 아름답고 장엄한가. 우리는 이 장엄한 대지 위에서 부처와 부처가 인연을 맺고, 부처의 일을 행하며, 나고 죽는 환상의 게임을 즐기고 있을 뿐이다. 생사윤회라는 꿈 너머에 부처들의 청정 국토가 이미 이렇게 펼쳐져 있다.

줄 때, 더 줄 수 있는
상황이 만들어진다

내가 갖고 싶은 것을 상대방에게 주라.
남에게 주는 것이 곧 나 자신에게 주는 것이다.
'주는 것'이 곧 '받는 것'이다.
'주는 것'을 연습할 때, 계속 줄 수 있는 상황이 만들어진다.

업보(業報)라는 법칙, 즉 균형의 법칙에서 본다면 내보내는 것이 곧 들어오는 것이다. 상대방에게 내주는 것이 곧 내가 받게 될 것과 다르지 않다. 업(業)이 곧 보(報)다.

남을 도와준다는 것은 사실 나 자신을 돕는 것이다. 남에게 베풀 때 내 안에 넉넉함, 풍요, 행복, 사랑, 일체감 등의 지혜와 자비의 파동이 일어나고, 그 파동은 이 우주에 있는 동일한 파동을 끌어당긴다. 그러면 머지않아 더 많은 풍요와 부, 행복과 기쁨들이 내 삶에 현실이 되어 나타날 것이다.

'주는 마음'을 연습하면, 계속해서 더 줄 수 있는 상황, 즉 부와 풍요가 넘쳐나게 된다. 계속 줄 수 있는 현실이 창조되는 것이다.

내가 가지고 싶은 것이 있다면 그것을 먼저 상대방에게 주라. 성공하고 싶다면 남의 성공을 도와주라. 진급하고 싶다면 남의 진급을 도와주라. 사랑받고 싶다면 먼저 상대를 사랑하라. 부자가 되고 싶다면 먼저 베풀어 주라.

'주는 것'은 곧 '받는 것'이다. 상대방은 곧 나 자신이다. 근원적으로 너와 나라는 분별은 없다. 그렇기에, 너에게 주는 것은 곧 나 자신에게 주는 것이다.

당신은
지옥에 가지 않는다

지옥은 없다. 무한한 자비만이 있을 뿐.
내 마음에서 지옥을 만들지 않는다면, 지옥을 경험하지 않는다.
죄인을 지옥에 처넣는 신은 없다.
무한한 용서와 사랑의 신이 있을 뿐.

지옥이 있다고 믿으면 지옥은 있다. 진짜로 있는 것이 아니라, 내가 그렇게 믿었기 때문에 믿는 바대로 지옥이 만들어지는 것이다. 사실 지옥은 본래부터 있던 것이 아니라 자기 스스로 만든 의식의 감옥일 뿐이다.

아무리 큰 잘못을 저질렀을지라도 신이나 부처는 오직 용서할 뿐이다. 자비로써 품어 주지 결코 지옥에 처넣지 않는다.

죄의 과보를 반드시 나쁘게 받을 필요는 없다. 업보의 보(報)는 '다르게 익어간다'는 뜻이다. 똑같이 죄를 지었을지라도, 어떤 이는 그 죗값을 톡톡히 치러야 하겠지만, 어떤 이는 죄의식을 내려놓고, 참회하여, 새로운 삶을 살아 다른 과보를 받는다.

이처럼 모든 죄의 과보는 스스로가 스스로에게 부여하는 형벌일 뿐, 신이 부여한 것이 아니다. 이것이 바로 죄의식에서 놓여나 자신을 용서하고 사랑해야 하는 이유다.

물론 죄의 과보는 있다. 그러나 그 과보는 업보라는 균형의 법칙에 의한 자연스러운 과정이다. 또한 그는 죄의 과보를 받음으로써 그것이 얼마나 큰 잘못이었는지를 스스로 깨닫게 된다. 그를 깨닫게 하고자 하는 것이지, 단죄하려는 것이 아니다.

단죄하는 신이라는 발상 자체가 어리석지 않은가. 응징의 신은 없다. 사랑의 신이 있을 뿐.

나를 돕는
무한의 존재들

우주법계는 언제나 다차원적으로 우리를 돕고 있다.
삶 그 자체가 바로 사랑이며 자비가 아닌가.
삶이 힘겨울 때 이 우주를 향해 가슴을 활짝 열어 보라.
나를 돕는 영감어린 손길을 발견하게 될 것이다.

가만히 생각해 보라. 막막하고 답이 없을 것 같던 수많은 순간들을 우리는 잘도 헤쳐 나왔다. 그때마다 늘 답은 있었다. 기적 같지 않은가. 이 우주는 언제나 다차원적으로 우리를 돕고 있다. 삶의 진리가 바로 사랑이요 자비가 아닌가.

삶이 버겁고 힘겨워질 때면 이 우주를 향해 가슴을 활짝 열어 보라. 분명히 나를 돕는 영감어린 손길을 발견할 수 있을 것이다.

그는 사람일 수도 있고, 동물일 수도 있다. 책 한 권일 수도 있고, 흘러가는 라디오 소리일 수도 있으며, 바람과 구름일 수도 있다. 혹은 진짜 호법선신이나 불보살님의 나툼일 수도 있다. 신장(神將)일 수도, 수호천사일 수도 있고, 혹은 이해가 닿지 않는 저 너머의 존재, 혹은 비존재일 수도 있다.

무한한 가능성을 향해 마음을 열어 두면, 우주법계 전체가 나를 돕고 있다는 사실에 감동하게 될 것이다.

이 우주는 온갖 방법으로 우리를 돕고 있다! 우리는 결코 혼자가 아니다. 무한 차원의 우주가 나를 돕기 위해 보이지 않는 노력을 다하고 있다.

이 감동스런 사랑과 자비와 나눔과 소통의 장, 그곳이 바로 우리가 살고 있는 이 우주다. 놀랍지 않은가. 감동스럽지 않은가.

삶의 배경에는 사랑이 있다

삶을 사랑하라. 사랑할 때 더 많은 사랑이 드러난다.
삶은 사랑에서 출발하여 사랑에 도착하는 과정이다.
삶의 배경은 오직 사랑이다. 사랑에 소외되는 것은 없다.
'그렇기 때문에' 사랑하지 말고,
'그럼에도 불구하고' 언제나 사랑하라.

✱✱ 마음속에 지옥을 품지 말고, 두려움이나 죄의식을 품지 마라. 그것을 품음으로써 그것을 창조하지 마라. 대신 마음속에 무한한 사랑을 품으라. 붓다의 무한한 자비를 품으라.

죽음을 두려워하는 대신 죽음을 사랑하라. 미래를 두려워하거나 지은 죄를 두려워하는 대신 삶을, 자기 자신을 무한히 사랑하라.

아무리 벗어나려고 애쓸지라도 우리는 언제나 사랑을 향해 달려갈 수 있을 뿐이다. 삶의 여정은 언제나 사랑에서 출발해 사랑에 도착하는 과정이기 때문이다.

삶의 배경은 언제나 사랑이다. 이 사랑에는 소외되는 것이 없다. 온 우주에 평등하게 사랑이 드러나 있다.

두려움, 고통, 죄의식, 근심, 걱정 모두 사랑으로 감싸 안으라. '그렇기 때문에' 사랑하지 말고, '그럼에도 불구하고' 언제나 사랑하라. 사랑받을 만한 부분이 있어서 사랑하는 것이 아니라, 사랑받기 어려운 부분까지도 기꺼이 사랑해 주라.

사랑에 조건은 없다. 그저 사랑할 뿐! 사랑할 때 더 많은 사랑이 드러난다. 우리 모두는 머지않아 사랑과 하나될 것이다. 무한한 자비를 체험할 것이다. 두려움이라고 불리는 가짜에 속아 왔음을 깨닫는 순간, 바로 사랑과 자비의 파장으로 춤출 것이다.

참된 사랑이란 무엇인가. 참된 자비와 사랑은 누구는 사랑하고 누구는 미워하는 것이 아니다. 아무런 분별없이 모든 존재를 있는 그대로 바라봐 주는 것이야말로 참된 자비다.

이 우주는 그 누구도 판단하지 않는다. 판단하고 분별하는 것은 오직 사람들이 만들어 낸 것일 뿐! 우주법계는 언제나 있는 그대로 완전하게 운행되고 있다.

우주는 그 누구도 소외시키지 않고 삶의 완전성을 구현한다. 다만 스스로 자신은 소외되었다거나 사랑받지 않는다고 판단하는 자가 있을 뿐, 우주는 공평무사하게 사랑을 흩뿌린다. 당신의 삶은 언제나 우주적인 자비로 넘쳐흐른다. 언제나 무한한 사랑을 흠뻑 받고 있다.

심지어 최악이라고 여기는 순간조차, 그렇게 판단하는 생각이 있을 뿐이다. 사실 깊이 바라보면 그 순간조차 자비의 또 다른 방식임을 알 수 있다. 다만 우리가 그 자비의 구조를 깨달을 수 있을 만큼의 넓고 깊은 지혜가 없기 때문에 보지 못하거나, 혹은 뒤늦게 깨닫게 될 뿐이다.

지금까지 살아 온 우리 삶의 모든 행로는 언제나 완전했다. 단한 순간도, 단 하나의 결정과 판단도 잘못된 것은 없다. 우리 스스로 잘못했다고 판단하지만 않는다면 삶은 매 순간 온전하다. 그러니 지난 삶을 후회하지 마라. 무한하게 공급받았고, 또 공급받고 있으며, 앞으로도 공급받게 될 끝없는 사랑과 자비에 보답하기 위해 우리가 할 수 있는 일은 그저 감사하고 찬탄하며 나 또한 사랑을 나누고 사는 것뿐이다.

우주가 나이기에
우주는 나를 돕는다

어리석은 나와 깨달은 나가 지금 여기 동시에 있다.
전생의 나와 후생의 나, 다차원적인 내가 나를 돌보고 있다.
나인 우주는 무한한 차원의 힘으로 언제나 나를 돕고 있다.
어떤가? 아름답지 않은가? 무한 사랑의 우주가 곧 나인 것이.

방편으로 설명한다면, 우리는 다양한 차원을 가지고 있는 존재다. 이 육신만이 내가 아니다. 자성(自性)이라는 참나 또한 이미 이렇게 드러나 있고, 가지고 쓰고 있다. 물론 내 안에는 의식의 진보가 덜 된 욕심 많고 어리석은 나 또한 존재한다.

과거 전생이나 미래 후생은 하나의 관념일 뿐, 다양한 차원의 나는 지금 여기에 있다. 심지어 과학에서 다중우주라고 하는, 수많은 우주에 존재하는 나도 지금 여기에 있다. 사실 근원에서 여기와 거기라는 공간의 이격이나, 과거와 미래라는 시간적인 틈은 없다.

이 우주의 모든 존재가, 이 법계의 모든 '나'가 지금 여기의 나를 무한한 방편으로 끊임없이 돕고 있다. 이를 신중이라 하든, 수호천사라 하든, 불성이라 하든 이름은 중요하지 않다.

우주 전체가 동시다발적이고도 다차원적으로 나를 돕고 있다! 그것이 바로 내가 사는 이 세상의 실상이다. 아름답지 않은가!

사실 이 우주는 생각으로 쪼개고 나누기 시작하면 무한한 차원으로, 또 무한한 계층과 층위로 나눌 수 있다. 그러나 내 안에 바로 그 쪼개고 나누는 허망한 분별심만 없다면, 삼라만상 온 우주가 일여평등한 '하나'일 뿐이다.

'그', 혹은 '그것'이라고 할 만한 것은 전혀 없다. 온 우주가 나 자신이다. 분별의식만 거두어들인다면 모든 것은 내가 꾸는 하나의 꿈일 뿐이다.

그러니 엄밀히 말한다면 누가 나를 돕는다고 말할 것도 없다. 모두가 자기 자신일 뿐이다. 배고파서 밥을 먹은 것을 나에게 밥을 보시했다고 하지 않듯이, 온 우주가 전부 나 자신이라면 누가 누구를 도울 것도 없다. 그저 자기가 자기를 도울 뿐이다. 자기가 자기를 돕는데 도왔다고 자랑하거나 드러낼 필요도 없지 않은가.

이처럼 이 우주는 끊임없이 상(相) 없는 베풂으로 나를 진정 돕고 있다.

진리 실천의 다섯 가지 방식

진리를 표현하는 다섯 가지 방식.
받아들임, 놓아 버림, 알아차림, 내맡김, 나눔,
이 다섯 가지 덕목을 삶에서 꽃피워라.
집착 없이 내맡겨 수용하되, 깨어 있는 정신으로 나누라.

삶을 있는 그대로 받아들이라. 삶은 그것 자체로 완전하다. 삶이 바로 진리다.

『대승찬』에서는 대도상재목전(大道常在目前)이라고 하여 큰 도는 언제나 목전에 드러나 있다고 설하고 있다. 내 앞에 놓여 있는 삶 자체가 바로 큰 도다. 그러니 우리가 할 일은 삶을 '받아들이는 것' 뿐이다.

보신(報身) 부처님을 수용신(受用身)이라고 부른다. 참된 부처님의 몸은 지금 눈앞에 드러난 모든 것을 있는 그대로 수용하고 받아들이며 만끽한다. 지금 이대로의 삶이 전부일 뿐 다른 그 무엇을 갈구하거나 찾지 않는다. 있는 그대로의 현재를 받아들이는 것이야말로 부처의 삶이다.

만약 붙잡고 있는 것이나 사로잡혀 있는 것이 있다면, 대상을 실체화시키는 우를 범하는 것이다. 그 어떤 대상도 실체는 없다. 무아(無我)요 공(空)이다. 그러니 그저 오고 가는 모든 것을 붙잡아 집착하지 말고 오고 가도록 내버려 두라. 그것이 '놓아 버림'이다.

버리려고 애쓰라는 것이 아니라, 그저 붙잡지만 말라는 것이다. 왜 그럴까? 붙잡을 만한 실체가 있는 것이 아니기 때문이다. 모든 것은 인연 따라 잠시 왔다 가는 환영일 뿐이기 때문이다.

수용하고 놓아 버린 채 다만 있는 그대로를 구경꾼이 되어 바라보기만 하라. 삶을 내 식대로 판단하지 말고 다만 있는 그대로 '알아차리라'.

우리가 할 일은 다만 지구별을 여행하며 삶을 눈부시게 바라보는 것이다. 내가 삶을 사는 것이 아니라, 삶이 제 스스로 그저 살고 있을 뿐이다. 그러니 삶을 다만 바라볼 뿐, '나'라는 것을 만들어 놓고 벌어지는 일이 나에게 좋은지 나쁜지를 판단, 분별할 필요는 없는 것이다. 다만 볼 뿐!

앞으로 내 인생이 어떻게 될 것인가에 대해서는 삶 자체에 전부 '내맡겨' 보라. 우주법계의 큰 질서에 완전히 내맡겨 보라. 내맡기고 가볍게 살아가라. '내가' 잘 살아 보려고 애쓰는 것은 아상에 휩쓸린 어리석은 삶일 뿐이다. 나는 없다. 내가 있다고 여기면서 내가 어떻게 해 보려는 마음이 모든 괴로움을 만들어 낸다. 그러니 나에게 삶을 맡기지 말고, 그저 삶 그 자체에 모든 것을 내맡기고 마음 편히 살라.

그리고 인연 따라 내 앞에 온 모든 이들에게 '사랑을 베풀어 주라'. 모든 것이 공하다고 해서 삶을 살지 말라는 것은 아니다. 무기력해지라는 말도 아니다. 오히려 그 어떤 사심도 없이, 집착도 없이, 미움도 없이, 그저 등장하는 모든 인물을 평등하게 수용하고 바라봐 주라. 그러면 일체중생을 섭수하게 된다. 대평등으로 그들을 내 몸처럼 사랑해 주는 것이다. 너와 내가 둘이 아님을 알기에 그가 배고픈 것은 곧 내가 배고픈 것이다. 그러니 베풀어 주고도 베풀어 주었다는 상이 없다. 내가 내게 베푼 것이기 때문이다.

무한한 가능성과
풍요를 끌어오려면

소유물에 집착하며 베풀지 않으면 제한된 틀 속에 갇힌다.
나는 본래 한정된 존재가 아니며 갇혀 있지 않다.
무한한 풍요와 가능성은 언제나 내 앞에 열려 있다.
나누고 베풀며 사랑할 때 무한 가능성과 무량복덕이 들어온다.

집착심에 사로잡혀 '내 것'을 꽉 움켜쥐려고만 하고, 남과 나누는 데 인색한 사람은 스스로를 틀 안에 가두고 한정짓는다. 내가 꽉 움켜쥐고 있는 것들이 '나', '내 것'이라고 여기면서 그 소유의 틀을 만들고 그 안에 갇히는 것이다.

그렇게 나와 내 것이라는 데 갇히게 되면 나와 내 바깥이 둘로 나누어진다. 그리고 내 바깥에 있는 것은 내 것이 아니라는 의식이 굳어진다. 그러면서 내 바깥의 것들이 내 것이 되는 가능성을 닫아버리게 된다.

나라는 존재는 현재 내가 가지고 있는 그 소유물에만 한정되지 않는다. 무한한 풍요와 무한한 가능성이 언제나 내 앞에 무궁무진하게 열려 있다. 그러나 인색하고 나누지 않는 사람에게 이런 가능성은 닫히고 만다.

내가 이웃에게 도움을 줄 때 나는 더 이상 '나'라는 틀에 갇힌 이기적인 존재가 아니다. 이때 우주로 열린 마음을 연습하게 된다. 그렇기에 소유물에 집착하는 사람은 부자가 되기 힘들다. 그러나 이타적으로 베푸는 사람은 내 복의 틀을 넘어 우주의 무량대복을 가져다 쓸 수 있게 된다.

높은 성적에 집착하면 성적이 오히려 더 떨어지고, 사람에 집착하면 그 사람의 마음을 얻을 수 없다. 집착하는 것은 더 멀어지게 마련이다. 집착을 내려놓을 때, '나'라는 틀에서 놓여날 때 우리는 더 열리고 확장되며 무한 가능성으로 파동치게 된다.

I SEE YOU
나는 당신을 봅니다

'나마스떼', '내 안의 신이 당신 안의 신께 경배 올립니다.'
영화 〈아바타〉의 'I SEE YOU', '나는 당신을 봅니다.'
붓다의 동체대비, 둘이 아닌 사랑
차별 없이 보는 것이 곧 자비요 사랑이다.

인도의 인사 '나마스떼(namaste)'에는 너와 내가 똑같이 존귀하다는 뜻이 담겨 있다. 내 안의 신이 당신 안의 신께 경배하며, 존중하고, 나 자신과 같이 사랑한다는 뜻이다.

영화 〈아바타〉에는 'I see you'라는 대사가 나온다. '나는 당신을 봅니다'라는 이 말은 곧 생각, 분별을 개입시키지 않고 그저 있는 그대로 본다는 것을 의미한다.

높거나 낮음, 잘나거나 못남 없이, 있는 그대로의 내가 있는 그대로의 당신을 있는 그대로 바라본다는 뜻이다. 있는 그대로 바라볼 때 평등하게 바라보게 되고, 높고 낮음 없이, 너와 나 구별 없이 보게 된다.

있는 그대로 바라보는 것 자체가 참된 자비요 사랑이다. 참된 자비와 사랑은 특정한 사람만 사랑하는 것이 아니다. 그 누구도 배제되지 않는 평등한, 분별없는 사랑이다.

이것이 바로 부처님의 동체대비, 즉 같은 몸이라는 깨달음에서 오는 둘이 아닌 사랑이다. '나는 당신을 봅니다'라는 말이 곧 '나는 당신을 사랑합니다'라는 말과 다르지 않은 것이다.

나마스테, I see you, 자비 나눔이 한 뜻이다.

역경조차 아름답다

내 삶에
문제가 생기는
이유

우리 삶에서 어떤 문제가 생겨났다면
그것은 우리가 삶에서 배워야 할
어떤 것이 생겨났음을 의미한다.
우리는 문제를 통해 배우고 깨달아 가는 존재다.

내 삶에 어떤 문제가 생겼다면 그것은 내 삶에서 배워야 할 어떤 것이 생겼음을 의미한다. 지금 이 순간 내게 일어나는 일이야말로 내가 지금 깨달아야 할 바로 그것이다.

내 스스로 중요하다고 생각하는 일들, 내 인생에서 줄기차게 계속 반복되는 일들, 특별히 고통스럽거나, 특별히 즐겁다고 생각되는 일들, 쉽게 말해 한결같은 마음에서 벗어나게 하는 어떤 일들이야말로 내가 이번 생에서 풀고 가야 할 것이 무엇인지, 그 삶을 통해 배워야 할 것이 무엇인지를 깨닫게 해 주는 것이다.

내가 과도하게 집착하는 것이나 과도하게 싫어하는 것은 오히려 내가 어디에 묶여 있는지를 보여 준다. 좋거나 싫은 것 모두 과도해지면 나를 사로잡아 버린다.

내가 지닌 업의 성향이 드러내 주는 극단적인 경험들을 통해 배우는 것이 삶이다. 그 배움으로써 극단을 내려놓고 중도의 길을 배워 가는 깨달음의 과정이다.

우리가 이 지구별에 인간으로 태어난 목적이 바로 그것이다. 고통을 통한 성장, 고해를 건너 저 피안에 이르는 것이다. 그러니 주어진 삶이 마음껏 일어나도록 허용해 주라.

배움과 경험을 회피할 때 삶은 둔화되지만 적극적으로 받아들이고 배울 때 삶은 성장한다.

불안, 위험, 혼돈이 있기 때문에 삶은 경이롭다.
때때로 찾아오는 근심과 역경이야말로 삶의 필수 요소다.
역경은 우리를 깨닫게 하고, 강하게 하며, 살아 있게 한다.
또한 역경은 두 팔 벌려 받아들일 때 더 빨리 지나간다.

내 안에 선업이 50, 악업이 50 있다고 해 보자. 20만큼의 좋은 일이 생기는 것은 곧 내 안의 선업이 이제는 30밖에 안 남았음을 의미한다. 결국 선악의 비율이 30:50으로 악업이 더 많아진 것이다. 그러나 안 좋은 일을 20만큼 받게 되면 선업과 악업의 비율은 50:30이 된다. 결국 선업이 더 많이 남고, 선업이 주도적으로 내 삶을 가꾸어 가게 된다.

더 놀라운 점은 역경을 통해 지혜를 깨닫게 된다는 데 있다. 좋은 일보다는 역경을 겪고 났을 때 한층 더 성숙해진다. 그래서 역경을 받아들이는 사람은 그 역경을 더 빨리 흘려보낼 수 있게 되고, 더 빨리 깨닫게 된다.

그러나 역경을 외면하고, 회피하는 사람은 그 의미를 깨닫지 못하기에 역경이 더욱 지속될 수밖에 없다. 그 역경은 깨달을 때까지 내 삶에서 지속되는 것이다. 불안, 혼돈, 역경이라는 도전이야말로 우리를 강하게 하고, 깨닫게 하며, 살아 있게 한다. 그것을 받아들이라. 역경조차 나를 돕기 위해 찾아온 눈부신 아름다움이요 감사함이다.

결과적으로 즐거움은 선업을 받는 것이니 좋고, 괴로움은 악업을 녹이는 것이니 좋다. 깊게 보면 언제나 좋은 일만 일어난다. 날마다 좋은 날, 날마다 해피엔딩이 삶의 진실이다. 삶이란, 얼마나 아름다운가.

고통에 대한
치유 프로세스

우리 안에는 고통에 대한 자기만의 면역 체계가 있다.
고통을 어떻게 다루어야 하는지는 자신이 가장 잘 안다.
고통을 외면하지 말고, 받아들이라. 마땅히 고통스러워 해 주라.
그때, 근원이 알아서 고통을 다뤄 줄 것이다. 그것을 신뢰하라.

한 자세를 오래 취하고 있어서 불편하면 특별히 의식하지 않더라도 저절로 다른 편안한 자세로 바꾸게 된다. 가만히 내버려 두면 자칫 큰 병이 날 것 같은 사람을 위해 우리 몸은 적당한 감기 몸살을 만들어 냄으로써 몸속의 탁한 에너지를 정화시킨다.

심지어 상상할 수조차 없는 최악의 고통을 당한 사람을 위해서는 잠시 그것을 잊고 이겨내도록 단편적인 기억 상실을 가져다주기도 한다.

위대한 의사는 바로 내 안에 있다. 고통, 병이 찾아왔다면 자기 내면이 해결하도록 맡겨 두어 보라. 그러려면 찾아온 고통을 외면하지 말고 함께 있어 주어야 한다. 병을 외면하거나, 거부하게 되면 내면의 자연 치유 프로세스가 작동할 수 없다. 그 병이 온전히 내게 도착해 있을 때, 온전히 수용될 때 비로소 내면에서 가장 유효하고도 적절한 치유가 시작되는 것이다. 그것을 신뢰하라. 그 치유 프로그램은 나에게 가장 적절하고도 유효한 방법을 찾아낼 것이다.

참된 치유를 위해 우리가 할 수 있는 것은 오직 모든 것을 근원의 일로 돌리고 내게 찾아온 고통을 허용하며 함께 있어 주는 것이다.

자기 자신을 신뢰하라. 나와 둘이 아닌 우주의 자비와 지혜에 완전히 내맡기라.

병을 대하는 근원적인 태도

병이나 고통이 왔다고 재빨리 없애려 애쓰지 마라.
병이 온 이유는 내가 지금 아파야 하기 때문이다.
병과 고통의 목적을 깨달을 수 있도록
잠시 그것과 함께 있고 충분히 아파하도록 허용하라.

불법에서 깨닫는다는 것은 지금 이대로의, 무어라고 이름 붙일 수도 없고, 모양도 없는 '이것'을 깨닫는 것이다. '이것'을 이름하여 불성이니, 본래면목이니, 참나, 마음, 법 등 다양하게 부른다.

그런데 이 진리는 감춰져 있지 않다. 지금 여기에 이렇게 온전히 드러나 있다. 지금 이대로의 현실이 바로 진실이요 진리다. 당신이 아프든, 사업이 망했든, 우울하든, 괴롭든 상관없이, 지금 있는 그대로의 현실이 바로 온전한 삶의 진실이며 진리라는 것이다.

이를 승조 스님은 촉사이진(觸事而眞)이라고 하여 부딪치는 것이 모두 다 진리라고 했고, 도오 스님은 촉목보리(觸目菩提)라고 하여 눈에 보이는 모든 것이 다 깨달음 아닌 것이 없다고 했다. 마조 스님은 입처즉진(立處卽眞), 임제 스님은 입처개진(立處皆眞)이라고 하여 서 있는 그 자리가 바로 진리 아님이 없음을 설했다.

그런데 이처럼 이대로가 바로 진리라면 왜 내 인생은 괴로운 것일까? 그것은 바로 분별심 때문이다. 분별심이란 지금 이대로의 진실을 있는 그대로 바라보지 않고, 자기 식대로 해석하고 분별하면서 좋다거나 나쁘다는 등으로 판단하는 것을 뜻한다.

예를 들어 보자. 몸이 좀 아프다. 지금 있는 그대로의 진실은 그저 아프다는 사실이다. 그것은 아무 문제가 없다. 중립적이다. 그런데도 우리는 아프다는 현실을 해석하기 시작한다.

아파서 괴롭다거나, 남들은 안 아픈데 나만 아프다거나, 옛날에는 안 아팠는데 지금은 아프다거나 하면서 중립적인 현상을 분별하고 해석하기 시작한다. 그러면서 있는 그대로의 '아픈' 현실이 '문제 상황'으로 바뀐다.

담배와 술을 매일 하고 운동도 안 하던 사람이 암 진단을 받았다가 나은 뒤, 운동도 열심히 하고 담배도 술도 끊으면서 건강한 삶을 살게 되었다고 하자. 그러면 암 진단이라는 현실은 나를 괴롭힌 것이라기보다는 나를 도운 것일 수도 있다.

이처럼 모든 병은 나에게 좋은 것인지 나쁜 것인지를 알 수 없다. 그것 자체는 해석되지 않는 그저 있는 그대로의 중립적 진실일 뿐이다. 해석하지 않은 채 그저 있는 그대로 병을 경험하게 된다면 그것은 더 이상 나를 괴롭히지 않을 것이다.

『자연치유』라는 책을 보면 똑같은 약을 처방해도 사람마다 치유되는 데 걸리는 시간이 다르게 나타난다고 한다. 이는 그 사람의 마음이 병을 받아들이느냐 거부하느냐에서 결정적으로 차이가 난다고 썼다.

시한부 인생 선고를 받은 사람들의 경우에도 대부분 처음에는 부정하고 분노하고 우울해 하지만 결국 스스로 죽음을 받아들이는 단계를 겪게 된다고 한다. 그런데 바로 이 받아들임의 단계에 이른 이들은 순간 지고의 평화와 놀라운 고요함을 얻게 된다고 한다.

분별하지 않고 있는 그대로 받아들이는 것은 바로 이처럼 생사조차 뛰어넘을 수 있는 지혜와 평화를 준다.

만약 당신이 병에 걸렸을지라도, 그것과 상관없이 당신은 이대로 완전하다. 병은 우리를 깨닫게 하기 위한 꿈같은 삶의 한 사건일 뿐 진짜가 아니다. 해석하지 않고 받아들인다면, 우리는 병으로 인해 괴로운 마음 그 깊은 곳에 자리하고 있는, 있는 그대로의 참된 진리를 바라볼 수 있을 것이다.

병이 나에게 왔다는 현실을 받아들이라. 병이라는 현실은 사실은 삶의 진실이다. 진리로서 온 것이다. 문제로서 온 것이 아니라 답으로 왔다. 병이나 고통이 나에게 찾아온 이유는 내가 지금 아파야 하기 때문이다. 바로 그 진실을 수용하고 마땅히 그 진실대로 아파해 주는 것밖에 할 수 있는 것은 없다. 거기에서 벗어나려 들지 마라. 원망하거나, 화를 내면서 그 병이나 고통이 떠나갈 수 있는 방법에 골몰하지 마라.

아픔은 충분히 아파해 줄 때 잠시 왔다가 할 일을 하고 갈 뿐이다. 아픔이 아프게 해 주려고 찾아왔는데 자꾸만 거부하려고만 하면 이 아픔은 자신이 해야 할 바의 목적을 달성하기 위해, 어떻게든 아프게 만들려 기를 쓰고 덤벼들 것이다.

'그래 잘 왔어. 네가 온 목적대로 내가 아파해 줄게'라고 말해 주라. 그때 아픔은 드디어 자신의 존재 목적을 완수했음을 알고 기쁜 마음으로 할 일을 마친 뒤 떠나가게 될 것이다.

모든 질병은 나와 따로 떨어진 둘이 아니다. 그렇기에 미워하면 병은 사라지지 않는다. 하나임을 깨닫고 사랑해 주며 인정, 허용해 줄 때 병은 자연스럽게 사라져 갈 것이다.

고통을 받을지 말지는
내가 결정한다

힘들다고 반드시 고통받아야 하는 건 아니다.
운동, 산행, 여행은 힘들지만 즐겁다.
같은 일을 하면서도 즐거울 수도 있고, 괴로울 수도 있다.
고통받을 것인가 말 것인가는 전적으로 내가 결정한다.

삶의 주도권은 언제나 내 안에 있다. 어떤 상황에서 고통받을 것인지 말 것인지 또한 내 스스로 결정하는 것이지, 그것 자체의 고유한 성질이 있는 것은 아니다.

호텔에서 청소하시는 분들을 대상으로 방 하나를 청소하는 것이 얼마만큼 운동이 되어 건강을 증진시키는지에 대해 교육을 했더니 교육을 받지 않은 분들에 비해 일의 능률도 올랐을 뿐 아니라, 실제로 건강이 월등히 좋아졌다는 보고를 본 적이 있다.

이처럼 같은 일을 하더라도 어떤 마음으로 하느냐에 따라 그것이 고통스런 일이 될지, 아니면 운동처럼 힘들지만 즐거운 일이 될지 결정된다. 심지어 건강해질 것이라는 마음으로 일을 하면 실제 몸이 건강해지기까지 한다!

모든 일이 마찬가지다. 같은 일을 하면서도 즐거울 수도 있고, 괴로울 수도 있지 않은가. 고통받을 것인지 말 것인지가 외부에 달려 있다고 여기지 마라. 그것은 나의 선택 사항이다.

중독에서
벗어나는 방법

술, 담배에 중독되었다고 하지만 그것은 나를 중독시킬 힘이 없다.
내 스스로 집착함으로써 힘을 부여해 준 것뿐이다.
좋아하고 싫어하면 이와 같이 그 대상에 힘을 준 채, 구속된다.
분별 이전으로 돌아가면, 본래 세상에는 아무 일도 없다.

중독에서 벗어나려면 중독된 대상에 에너지를 과도하게 투여하지 말아야 한다. 중독에서 벗어나려고 과도하게 에너지를 쏟게 되면 그 에너지가 도리어 그 사람을 지배해 버리고 만다.

보통 사람들은 중독되었을 때 중독에서 놓여나는 방법으로 중독된 대상과 싸워 이기는 방법을 택하곤 한다. 그런데 이 방법은 정말 어려울 뿐더러 그다지 권장하고 싶은 방법도 못 된다.

중독의 대상을 적이라고 규정하고, 싸워 이겨야 할 대상으로 생각하면, 나와 중독된 대상을 둘로 나누어 놓는 것이기 때문이다. 둘로 나누게 되면 그중에 하나는 선택받고 하나는 소외되며, 둘 중에 하나는 적이 되고 하나는 아군이 되고 만다. 둘로 나뉘는 곳에는 언제나 분리감, 다툼이 생겨날 수밖에 없다.

싸워 이겨야겠다는 생각은 그 대상을 거부하는 생각이다. 중독과 싸워 이기려는 생각으로 인해 우리는 늘 에너지가 낭비되고 결국 탈진할 수밖에 없다. 마음속에서 강하게 거부를 하게 되면 그 대상이 더욱 큰 에너지를 받게 되어 오히려 에너지를 키워 주는 꼴이 되고 만다. '절대' 하지 말라고 하면 오히려 더 하고 싶어지는 것이다.

예를 들면 거식증과 폭식증이 반복되는 사람이 있다. 음식을 먹지 않는 데 집착이 심한 사람은 먹고 싶은 것을 꾹꾹 눌러 참는 데 에너지를 너무 많이 쓰게 된다. 그러다 보면 결국 눌러 참고 참다가 그냥 에너지가 폭발하게 된다. 폭발해서부터는 '에라, 모르겠다' 하고 계속해서 미친 듯이 먹어 댄다. 거식증에 집중된 에너지가 도리어 폭식증으로 뒤바뀌는 것이다.

이처럼 극과 극은 통하는 법이다. 어느 한쪽에 극단적으로 집착하면 그 반대편도 상승한다. 이 우주는 모두가 파장이라고 하는데, 파장이라는 것은 어느 한쪽이 크게 올라가면 반대로 내려가는 파장도 커지는 특성이 있기 때문이다.

그렇다면 그 반대는 어떨까? 중독과 싸워도 안 된다면, 그냥 그것에 계속 빠져들어 중독된 삶을 넋 놓고 살아야만 하는 것일까? 그 또한 중독적인 것들을 좋아하고 집착하고 소유하려는 쪽으로 에너지를 쓰는 것이기에 마찬가지로 에너지 낭비가 심하다.

담배를 구하고, 마약을 구하려고, 온갖 짓을 다 하러 뛰어다니느라 에너지가 소모되고, 술, 담배, 약물을 취하면서 생명력도 떨어진다.

이래도 안 되고, 저래도 안 된다면 어찌해야 할까? 담배나 술이나 약물이 거기에 있다는 사실을 그저 인정하고 받아들여 보라. 좋아해서 취하려고 애쓰지도 말고, 싫어해서 거부하고 싸워 없애려고도 하지 않고, 그냥 그것이 거기에 있음을 인정하고 바라보라.

이 중도적인 방법은 전혀 폭력적이지 않은 자비의 방식이다. 참된 자비는 둘 중에 어느 하나만을 좋아하고 사랑하는 것이 아니라, 둘로 나누지 않는 것이다. 그리고 나뉘지 않은 전부를 평등하게 바라보는 것이다. 이것은 둘로 나누지 않는 불이(不二)의 방식이고,

좋아하거나 싫어하지 않고, 취하거나 버리지 않는 방식이다.

그 구체적인 방법이 바로 있는 그대로를 인정하고 받아들이며 다만 있는 그대로 바라봐 주는 것이다. 이것이 바로 '받아들임'과 '알아차림'이라는 놀라운 연금술이다.

담배를 피우고 싶은 마음이 올라올 때 그 마음을 없애려고 싸우거나 그 마음에 현혹되어 끌려가는 대신, 담배 피우고 싶은 마음을 아무런 판단 없이 있는 그대로 받아들여 주라. 담배 피우고 싶은 내가 기꺼이 되어 주라는 것이다. 중독된 나 자신을 심판하려 들지 않는 것이다. 이것이 곧 나 자신에 대한 참된 용서이며 참회이고, 나 자신을 있는 그대로 사랑하는 것이기도 하다.

이것은 중독이라는 병을 치료하는 가벼운 약방문 같은 것이 아니다. 전에는 중독을 병이라고 생각하고, 문제라고 생각해 치료해서 없애 버릴 것으로 바라보았다면, 이 방식은 중독이라는 현 상황을 '문제 상황'으로 낙인찍지 않음으로써 다른 방향에서 보는 획기적인 방식이다. 중독을 보는 방식 자체가 근원에서부터 달라지는 것이다. 이것은 애쓰고 노력하는 것이 아닌 무위(無爲)의 방법이다.

이 방법을 쓰면 중독에서 벗어나려고 애쓸 필요가 전혀 없다. 취하려 해도 괴롭고, 버리려 해도 괴롭다. 양쪽 다 힘이 든다. 그러나 그 어느 한쪽에 힘을 부여하지 않고 그저 있는 그대로 존재하게 해주는 데는 어떤 힘도 들지 않는다. 그렇지만, 근원에서는 더욱 강력한 무위의 힘이 저절로 상황을 이끌어 간다.

남 이 잘 못 해 도 불 구 하 고
내 책 임 일 뿐

'그 사람' 때문에, '그 사건' 때문에 괴로운 것이 아니다.
나를 괴롭게 할 수 있는 이는 오직 나 자신밖에 없다.
스스로를 피해자로, 타인을 가해자로 만들지 마라.
모든 일은 내 책임일 뿐, 타인에게 떠넘길 책임은 없다.

마음공부를 하는 사람이라면 모름지기 바깥을 탓하는 일이 없어야 한다. 지혜가 생기면 외부를 탓하지 않고, 그 모든 일이 내 책임이라는 것을 분명히 알게 된다.

명백하게 외부적인 문제라거나, 타인의 잘못이라 할지라도 생각이 넘어설 수 없는 깊은 차원에서 본다면 나와 연관되었기 때문이다. 모든 것은 인연 따라 만나게 된 일이다.

우리가 지금 이 순간 바로 그 문제와 직면하고, 그 문제를 통해 삶을 배우고 깨달아야 할 필요성이 있기 때문에 나타난 것이다. 그러니 외부를 탓할 이유가 없다. 삶은 그것 자체로써 나 자신에게 최적화된 법계의 선물이다.

외부나 남 탓을 하면서 그 사람 때문에, 그것 때문에 내가 괴롭다고 말하지 마라. 나를 괴롭힐 수 있는 이는 오직 나 자신밖에 없다.

우리는 결코 피해자가 될 수 없다. 내 스스로 나를 피해자로, 타인을 가해자로 만들었을 뿐이다. 사실은 업장소멸과 깨달음이라는 선물을 주기 위해 일어나야 할 일이 일어나는 것뿐이다.

지금 여기에서
졸업하라

아무리 괴로운 상황일지라도
어차피 한 번 풀고 가야 할 내 삶의 몫이라면
바로 지금, 이생에서 풀고 툭툭 털고 가는 것이 현명하다.
다음으로, 다음 생으로 미루지 마라.

지혜로운 이는 괴로우면 오직 그때만 괴로울 뿐, 그 다음 순간 다시 제자리로 돌아오지만, 어리석은 이는 그때도 괴롭고 지나가도 여전히 괴롭다. 즐거워하고 괴로워하되 거기에 오래 머물러 있지는 마라.

어떤 한 가지 일이 끝나면 마음에서도 완전히 정리를 하고 넘어가라. 분노할 일이나 원망스런 일이 일어나 한동안 괴로워했더라도 그때가 다하면 거기에서 종결짓고 넘어갈 수 있어야 한다.

미워하는 사람은 이미 떠나고 없는데 아직까지도 그 사람에 대한 원망을 마음에 품고 있지는 않은가? 사랑하는 사람은 이미 다른 사람에게로 떠나갔는데 아직도 증오와 질투를 품고 있지는 않은가?

그 감정을 거기에서 끝내라. 다음 순간까지 끌어안고 가게 되면 그 마음이 내 삶을 다치게 한다. 언젠가 그 끝맺지 못한 업보의 흔적이 되살아나 과보로 나를 집어삼킬 것이다.

부처님께서 꼬삼비에 계시던 어느 날 부처님을 증오하던 왕비 마간디야는 불량배들을 매수하여 부처님이 탁발을 나오실 때마다 뒤를 따라 다니며 온갖 욕설과 비방, 침을 뱉는 등 거친 행동으로 못살게 굴었다. 이에 아난다는 부처님께 이 도시를 떠나자고 간청하지만 부처님께서는 거절하며 말씀하셨다.

"욕설을 하는 사람이 있을 때마다 그곳을 떠나는 것은 올바른 방법이 아니다. 무릇 수행자는 문제와 소란이 있을 때 그것을 거부하거나 떠나지 말고 그 문제와 함께 머물면서 받아들여 최선을 다해 문제가 해결되도록 해야 한다. 그리하여 문제가 해결된 뒤에 길을 가는 것이 합당하다."

삶의 성숙과 깨달음은 문제를 통해 온다. 그 문제를 거부하지 말고 허용하라. 받아들인다는 것은 그 문제를 끌어안고 싸운다는 뜻이 아니라 그 문제가 일어난 것에 대해 인정하고 허용하겠다는 뜻이다.

중요한 사실은 문제를 거부하거나, 문제와 맞붙어 싸우지 않고 문제가 내게 온 것을 허용한 채, 그 문제와 함께 머물러 있기를 선택할 때 그 문제는 제 스스로 해결된다는 점이다. 그렇다. 문제를 받아들일 때 문제는 스스로 해결된다. 그것을 받아들일 때 업장소멸이 일어난다. 그 문제를 받아들여 해결된 뒤에 떠나는 것이 합당하다.

삶에 찌꺼기를 남기지 마라. 이번 생의 일은 바로 이생에서 마무리를 지으라. 지금의 일은 바로 지금 종결짓고 넘어가는 것이 가볍다. 짊어진 업장의 무게가 없는 이라야 이 텅 빈 태허공의 법계를 자유로이 날 수 있다.

불어오는 바람결에서 우주를 만난다

불편하게 사는 즐거움

불편함을 통해 또 다른 차원의 세상을 만나게 된다.
불편하기 때문에 괴로운 것이 아니라,
불편한 가운데서
또 다른 차원의 즐거움과 행복이 드러난다.
불편하게 사는 즐거움을 누려 보라.

옛날 사람들은 문명의 이기가 없었기 때문에 자신의 몸으로 직접 움직이며 의식주를 해결해야 했다. 먹을 것을 구하기 위해 직접 농사를 짓고, 집 또한 직접 짓고 살았다. 집안 청소며, 빨래며, 걷고 이동하는 거며, 살기 위해서는 끊임없이 몸을 움직여야 했다.

현대인들은 그런 불편한 삶을 도저히 견디지 못한다. 청소는 청소기가 다 해 주고, 빨래도 세탁기가 해 주고, 농사 대신 마트에 가면 되고, 집이야 돈 주고 사면 된다. 몸으로 해야 할 일들이 점점 사라져 간다. 대신에 따로 돈을 들여서 몸을 움직여 주어야 한다. 돈 벌어 헬스클럽도 다녀야 하고, 주말이면 등산도 다녀야 하고, 안전한 유기농 먹을거리를 찾아다녀야 한다.

옛날에는 불편했지만 그로 인해 자연과의 교감, 보람, 건강, 안전 등 얻는 것 또한 많았다. 사실 불편하다는 것은 조금 번거롭기는 해도 또 다른 차원의 기쁨이 있고, 보람과 건강까지 깃들어 있다. 불편함 가운데 깃들어 있는 근원적인 기쁨과 즐거움을 외면하지 마라.

요즘 사람들은 어떻게 해서든 불편함을 없애고 보다 편리한 것들을 추구하기에 여념이 없다. 현대 사회의 모든 것이 인간의 편리한 생활을 위해 만들어진다. 이런 삶에 때로는 의문을 제기해 보라. 너무 편리함만을 좇지 는 마라. 때로는 불편하게 사는 삶을 스스로 선택해 보라. 가슴을 활짝 열고 불편하게 사는 즐거움을 누려 보라.

무한한 영광을 얻으려면

고요한 마음으로 마을길을 산책하는 것,
그것이야말로 인생의 그 어떤 성취보다도 진하다.
소박함 속에 위대함과 거룩함이 있다.
온 마음으로 귀하게 행한다면 숨 한 번 쉬는 것조차 경이롭다.

고요한 산책의 시간을 가져 보라. 우리는 해야 할 일 때문에 너무 바빠서 잠시 쉬는 시간, 산책의 시간, 자연을 바라보는 시간, 불어오는 바람을 느끼는 시간, 여행의 시간 등 고요하고 텅 빈 시간 속으로 들어가기 어렵다. 그런 시간은 성취감이나 생산성이 없고 그저 버려지는 시간처럼 느껴진다.

과연 그럴까? 생각을 굴려야 할 일이 많은 사람일수록 오히려 잠시 생각을 쉬도록 해 주는 시간이 필수적이다. 생각을 쉬고 산책을 하거나, 꽃 한 송이를 바라보거나, 햇살을 가만히 느껴 보는 그 텅 빈 시간 속에서 오히려 가장 꽉 찬 영감과 충만함이 드러난다.

산책 중에 튀어나오는 하나의 영감은 수백 시간 앉아서 짜낸 생각보다 더 큰 무언가를 만들어 낸다.

왜 그럴까? 생각, 조작이 아닌 무념(無念), 무위(無爲) 속에 모든 것의 근원이 있기 때문이다. 생각은 고작해야 머릿속의 무수한 생각의 더미들을 재조합해 이리저리 끼워 맞출 수 있을 뿐, 그 생각 너머 무한의 영역에는 이를 수 없다.

그 근원적인 텅 빈 공간, 그 무한 가능성의 양자수프(Quantum Soup)로 넘어 가는 유일한 방법은 생각을 쉬게 만드는 것이다. 생각과 조작, 노력과 애씀이 멈추고 완전히 몸과 마음이 이완된 상태에서 고요한 무위와 무념의 자리에 있을 때 비로소 나를 넘어서는 우주적인 지혜와 직관이 깨어난다.

그 가장 쉬운 방법이 바로 고요히 산책의 시간을 가지는 것이다.

너 안에서
나를 만난다

나무 한 그루를 베는 순간
우리 안의 생명 일부가 동시에 스러진다.
우리 모두는 하나로써 서로 연결되어 있기 때문이다.
내가 곧 우주이고, 꽃 한 송이에 온 우주의 생명이 담겨 있다.

유정물이든 무정물이든 모든 존재는 나와 서로 연결되어 있다. 이 우주의 무수히 많은 그 모든 존재들이 사실은 한생명이요, 한마음이다. 차별되는 것은 없다. 둘로 나눌 수 있는 것은 없다.

엊저녁 한바탕 꿈속에서 보고 들은 무수히 많은 사람들과 사물들, 온갖 이야기들이 깨고 보면 모두가 내 꿈속의 허망한 일인 것처럼, 이 세상 또한 내가 꾸는 하나의 꿈일 뿐이다. 꿈꾸는 자와 꿈속의 내용이 다를 수 없듯이, 나와 이 우주의 모든 이들 또한 서로 다르지 않다. 그 근원은 언제나 하나다.

그렇기에 유정물, 무정물을 나눌 것도 없이 모든 것이 곧 나 자신이다. 타인을 미워하는 것은 곧 나 자신을 미워하는 것이며, 미물을 함부로 대하는 것은 나 자신을 무시하는 것과 같다. 나무 한 그루를 벨 때 내 생명의 일부도 함께 베어져 나가고, 꽃 한 송이를 가꿀 때 내 생명의 숨결도 생동한다.

사실 우리는 매일매일의 삶 위에서 만나는 모든 것, 모든 이를 통해 나 자신을 만나고 있는 것이다. 저 밀림이나 히말라야에 오른다고 해도, 우주 끝까지 우주선을 타고 간다고 할지라도 결국 우리가 만나는 것은 나 자신이다. 이 우주에는 나 자신밖에 없기 때문이다. 우주가 나요, 바람이 나고, 음악이 나이며, 너도 나고, 눈·귀·코·혀·몸·뜻으로 마주하는 모든 이가 전부 나 자신이다. 불이법(不二法), 나와 둘로 나뉜 존재는 없다.

별이 빛나는 바람결에서
어스름 만난다

한 시간도 넘게 꽃을 바라보고, 밤하늘의 별을 바라보라.
오래도록 어떤 한 가지를 묵연히 바라보라.
그 어떤 것이라도 고요히 바라보면
그 속에서 우주를 보게 된다. 참된 진실을 만난다.

창을 열고 밖을 바라보았을 뿐인데, 거기에 언제나 그렇게 놓여 있던 푸른 소나무와 하늘, 스치는 바람이 순간 가슴에 생기를 불어넣고 고요한 흥분과 미묘한 설렘을 안겨 준다.

콘크리트 건물 속에서 번잡한 일과 생각에 파묻혀 지내는 가운데에도 자주자주 문을 열고 푸른 하늘을 바라보라.

그 어떤 것이라도 좋다. 꽃 한 송이, 나무 한 그루, 밤하늘의 별, 저녁노을, 사과, 호흡, 허공, 어떤 것이라도 오래도록 아무런 생각이나 해석 없이 그저 고요히 바라보기만 해 보라. 고요히 바라보는 순간 그 속에서 우주를 만나게 된다. 그 속에서 삶의 참된 실상과 마주하게 된다.

색즉시공(色卽是空), 눈에 드러난 모든 것이 그대로 공의 실상이다. 진리는 지금 이대로일 뿐 다른 무언가는 없다. 분별하고 헤아리지만 않는다면, 무엇을 보든, 무엇을 듣든, 그 속에서 우주의 실상을 확인할 수 있다.

따로 떨어져 존재하는 것은 없고, 오직 전체로써의 '하나'밖에 없기 때문이다. 눈에 드러난 한 송이 꽃은 사실 전 우주를 품고 피어난다. 우주가 한 티끌 속에 있다. 아니, 한 티끌이 그대로 전 우주다. 무엇을 보든, 그 속에서 우주를 만난다.

우주의 실상을 깨닫기 위해 우주선을 타고 우주 끝까지 날아갈 필요는 없다. 그 광대한 우주가 바로 당신의 손 안에 있다. 한 송이 꽃, 불어오는 바람, 따스한 햇살이 그대로 그것이다.

아침해를 뜨게 하기 위해 노력할 필요는 없다.
들숨으로 들어오는 공기를 사수하려고 애쓸 필요도 없다.
모든 것이 이렇게 아무 노력 없이도 완벽하게 주어져 있으니,
이 자연 그대로의 꽃길을 무위(無爲)로 살아갈 뿐.

두 뺨 위로 간질거리는 아침 햇살이나 저녁 산책 시간에 불어오는 선선한 바람은 마치 영혼까지 일깨워 주는 듯하다. 새들은 지저귀고 풀벌레는 노래한다. 부드러운 숨은 들어오고 나가며 생명을 연주한다. 매일 밤 건강한 두 발로 숲을 걸을 수 있다는 사실은 더없는 행복이다.

내가 억지로 유지하려고 애쓰지 않더라도 이 대자연은 우리에게 아름다운 사계를 어김없이 선물해 준다. 내일 아침해가 뜨게 하기 위해 우리는 별다른 노력을 할 필요가 없다. 한 숨 들이쉬지 못하면 죽고 마는 나약한 인간이지만, 들숨으로 들어오는 맑은 공기를 어떻게든 사수하려고 애쓸 필요도 없다.

봄에 꽃을 피우려고 애쓸 필요도 없고, 하늘에서 비가 내리게 하려고 구름을 만들 필요도 없다. 저 장대한 밤하늘의 별과 은하수조차 아무런 노력 없이 주어져 있다. 풀꽃 한 송이에서부터 저 우주에 이르기까지 모든 존재가 조화롭게 공존하며 저절로 생명을 피워 내고 있다.

모든 것이 이렇게 아무런 노력을 들이지 않아도 이대로 놀랍게, 완벽하게 주어져 있다. 이처럼 무위로써 주어진 삶을 지혜롭게 살아가려면 나 또한 무위로써 살아가면 된다.

함이 없이, 노력 없이도 모든 것이 이루어지는 게 무위다. 자연이 그렇듯 인간 또한 무위의 존재다. 과도하게 애쓰지 말고 자연스럽게 주어진 삶을 누려 보라. 없는 것을 더 많이 만들어 내고 소유하려고 애쓰고 집착하기보다는 자연스럽게 주어진 것들에 더 많이 감사하고 누리고 만끽해 보는 것이다.

무엇을 하고도 '내가 했다'는 상을 내지 말고 사실은 그 모든 것이 온 우주가 자연스럽게 이루어 낸 것임을 받아들여 보라. 인위적으로 가공된 것보다는 자연스럽게 주어진 것을 가까이 해 보라. 헬스장을 찾기보다 산길을 걷고, 가공식품을 먹기보다 자연 그대로의 음식을 가까이하라.

일어나는 생각도 그저 바람처럼 오고 가도록 놔둘 일이다. 억지로 무언가를 짜내거나, 그 생각을 실체화하면서 거기에 힘을 실어 주지는 마라. 그저 모든 생각이 흔적 없이 오고 가도록 내버려 두라.

인위적인 노력이 개입되는 유위행보다, 노력 없이 이미 주어져 있는 것을 자연스럽게 쓰고 사는 무위행 속에 더욱 강력한 힘이 있다. 사사로운 이상이 원동력이 되는 내 노력이 없을 때, 우주 본연의 무한 동력이 삶을 운행해 간다. 대기대용(大機大用)의 무한 우주가 무한한 쓰임을 가능케 한다.

대기대용이란, 우주는 크나큰 무한 동력의, 무한 생명의 기관, 즉 대기로써 이 우주 전체를 한바탕의 쓰임으로 돌리는 대용을 이루어낸다는 뜻이다. 나도, 너도, 자연도, 하늘도, 우주도, 삼라만상이 바로 이처럼 따로따로 운행되는 것이 아니라 대기대용이라는 하나의 우주 무한 동력에서 동시에 운행되는 것이다.

모든 존재는 톱니바퀴 아귀가 딱딱 들어맞듯 하나가 움직일 때 무한한 우주가 함께 움직이는 거대한 하나의 기관이다. 그러니 무한 우주의 운행을 외면한 채 나는 나대로 알아서 살겠다고 우기면서 인위적인 노력을 한다면, 무한 동력의 힘은 끊기고 만다.

이 장엄하고 장대하며 무한한 우주법계의 운행 법칙을 깨달은 이라면, 이미 주어져 있는 이 우주 속에 녹아들어 자연스레 전혀 힘들이지 않고 우주 전체를 내어 쓸 수 있다.

자연불을 친견하며 걸으라

명상할 시간이 없다면 될 수 있는 한 많이 걸으라.
온갖 생각의 짐을 짊어지고 걷지 말고 그냥 걸으라.
대자연의 숲속을 다만 홀로 걷다 보면
마음은 저절로 자연과 공명하며 자연불을 친견하게 된다.

길을 걷다 보면 저절로 생각이 멎는 것을 경험하게 된다. 생각이 단순 명쾌해지고 저절로 욕심과 집착, 내면의 화가 사라지기도 한다. 자신에 대한 통찰과 삶에 대한 지혜로운 사유, 사색이 뒤따른다.

일상에서는 특정한 생각과 관념의 울타리에 갇혀 쳇바퀴 돌 듯 지내다가 대자연의 숲속을 홀로 걷기 시작하면, 갇혀 있던 의식이 나래를 펴기 시작한다. 보이지 않던 것들이 보이기 시작하고, 생각지 못했던 영감이나 직관이 피어난다. 제한되지 않은 시각으로 삶 전체를 바라볼 수 있는 열린 자각이 시작되는 것이다.

그래서 많은 이들이 걷기와 여행을 통해 새로운 삶의 가능성에 눈뜨게 된다. 자신 스스로 그동안 얼마나 갇혀 살았는지를 깨닫게 되기도 한다. 나아가 어떻게 살아야 하는가에 대한 자기다운 삶의 방식을 깨닫게도 된다.

생각을 짊어지지 말고 고요한 마음으로 대자연 속을 휘적휘적 거닐어 보라. 그것이 곧 내 의식이 우주로 열리고 확장되는 것이다.

'지금 이대로의 나'이기를 허락해 주라.
주어진 삶에 무한한 감사를 표명하라.
머리로 계산하기보다는, 가슴으로 뜨겁게 사랑하라.
더 많이 느끼고 누리고 감동하며 만끽하라. 그리고 사랑을 나누라.

삶의 진보, 혹은 깨달음이란 없던 행복의 조건을 찾아가고 만들어 가느라 애쓰던 '인식'에서 점차 이미 있는 행복의 조건을 더 많이 느끼고 누리는 '감성'으로의 변화를 의미한다.

전자는 없는 행복을 만들기 위해 더 많이 공부하고 쌓아가는 데 몰두하지만, 후자는 이미 있는 행복을 더 많이 느끼고 나누기 위해 더 자주 감동하고 감사해 하며 사랑한다.

머리에서 가슴으로, 쌓음에서 비움으로, 나눔에서 하나됨으로, 무엇보다도 논리적 판단과 생각에서 감성적인 느낌과 감동으로 삶의 중심추는 변해 간다.

비가 올 때, 전자는 비로 인해 못한 일을 걱정하지만 후자는 빗소리를 귀기울여 듣고 비오는 날의 감성을 즐긴다.

밥을 먹을 때, 전자는 더 맛있는 음식을 찾기에 바쁘지만 후자는 잡곡밥에 김치를 가지고도 더 많은 맛을 충분히 느낀다.

사람을 만날 때, 전자는 내게 도움이 되는 사람인지를 계산하지만 후자는 그의 눈빛을 그윽이 바라보며 함께하고 있음을 감사해 한다.

숲을 바라볼 때 일어나는 기적

숲과 나무, 자연을 자주 바라볼수록 드넓은 의식으로 확장된다.
학생들도 넓은 창밖으로 자연을 자주 바라볼 때
성격도, 성적도 좋아진다.
자연을 자주 바라보고 교감하며 자랄 때
제한된 나를 넘어서 드넓은 무한 가능성이 열린다.

미국 캘리포니아에 위치한 포커스 초등학교는 학생들의 평균 성적이 캘리포니아 주 꼴찌를 기록하고 있었다. 하지만 학교를 이전하면서 창문을 넓은 통유리로 바꾸고 학생들이 자연을 마음껏 바라볼 수 있도록 했더니 1년 만에 평균 성적이 주 1등이 되었다고 한다.

이를 근거로 캐나다 앨버타 교육청에서 5개 학교를 대상으로 같은 실험을 했다. 나아가 고등학교 101곳을 대상으로 같은 실험을 했는데 모두 포커스 초등학교와 같은 결과를 얻었다. 심지어 학생들의 충치 발생률도 줄고, 키가 더 커지기도 했다.

이 연구의 결론은 "아이들이 창밖을 자주 내다볼수록, 창밖에 식물과 나무가 많을수록, 창문이 클수록 대학 진학률도 높아질 뿐 아니라, 성격, 건강도 좋아지고 드넓은 아이로 성장한다."고 쓰고 있다.

나 또한 어떤 문제가 생기거나 풀리지 않는 업무로 바쁠 때 문득 고개를 들어 저 멀리 있는 산을 바라보는 것만으로도 순간 마음이 텅 비고 고요해지는 것을 느끼곤 한다. 아무리 마음이 번잡해도 잠시 건물 밖에 나가 숲과 자연을 마주하고 서 있는 것만으로도 마음은 한껏 고양되고 충전이 됨을 느낀다. 인디언들이 기력이 달릴 때면 뒷산에 올라가 큰 나무를 오래도록 끌어안아 기운을 충전시켰던 것도 같은 이유일 것이다.

아파트 하나를 구한다 할지라도 커다란 창이 있어서 숲이 보이고, 자연이 보이는 드넓은 곳에서, 드넓은 대자연을 굽어 볼 수 있어야 하지 않을까? 그래야 아이들도 성적만 좋아지는 것이 아니라, 의식도 확장되고 가슴이 더 넓게 바뀌고 집안에서 싸움도 좀 덜 일어나고 이러지 않을까?

붕어도 작은 어항에 가두어 두면 덩치가 5센티 이상으로 잘 안 크는 데 반해, 호수에 풀어 놓으면 25센티까지 커진다고 한다. 심지어 강에다 풀어놓으면 크게는 1미터까지 크는 일이 있다고 한다.

우리도 비좁은 곳에서 비좁은 것만을 보기보다는, 드넓은 자연을 바라보고, 드넓은 세상 속에서 살아가게 될 때 제한된 나를 넘어서서 무한한 가능성이 열리지 않을까?

자연을 향해, 하늘과 구름과 숲을 향해 마음을 열고 바라보기만 하더라도, 창문을 크게 바꾸고 자주자주 내다보기만 하더라도 우리의 의식은 저 큰 자연을 저절로 닮아가는 것 같다.

'보는 것'이 곧 '되는 것'이니, 드넓은 자연과 우주를 더 자주 바라보고 자연의 일부가 되어 보라. 우리의 마음이 하늘을 닮고, 자연을 닮고, 꽃과 나무의 청청함을 닮아가게 될 것이다.

꽃이 피고 지듯
인생도 오고 갈 뿐

세상 모든 것은 한 번 오면 반드시 떠나갈 때가 있다.
왔다가 가는 것에 집착할 필요는 없다.
어차피 떠나갈 것이고, 지금이 그때일 뿐이다.
저마다의 인연 따라 오고 가는 것을 허락해 주라.

우리 인생에서 좀 충격적이거나 괴로운 일이 일어났을 때, 의외로 머지않아 거기에 적응을 하고, 금방 또 마음을 비워 버리곤 하는 것을 본다. 하다못해 가장 사랑하는 사람이 갑자기 임종했을 때조차 당장은 죽을 것 같고, 더 이상 살 의미가 없는 것 같지만 또 하루하루 살게 되고, 그렇게 시간이 지나면 잊힌다. 그리고 또 다른 삶이, 또 다른 사랑이 이어지게 된다.

우리는 살면서 이런 식으로 붙잡아 집착하기도 하지만 또 내려놓기도 하면서, 잡았다 내려놨다, 잡았다 내려놨다를 반복하며 살아간다. 이처럼 우리는 누가 시키지 않아도 마음을 비워야 할 때가 되면 저절로 마음을 비운다. 그것은 누구나 타고난 것이지, 특별하게 능력이 있거나 명상을 잘하는 사람만 할 수 있는 것도 아니다.

그런데 유난히 크게 고통받는 사람이 있다. 오래도록 가슴 아파하고, 못 받아들일 거라고 고집하면서 고통을 스스로 붙잡고 있는 사람이다. 결국 스스로 마음에서 받아들일 때까지 그 고통은 계속된다. 어떤 사람은 안타깝게도 수용하지 못하고 아파하는 기간이 몇 년에서 몇십 년 혹은 평생토록 이어지기도 한다. 이렇게 오래도록 짊어지고 가면서 마음에 담아 두는 것을 트라우마라고 부르기도 한다.

무언가 왔을 때 집착하는 게 큰 사람일수록 그것이 떠나갈 때도 오래오래, 두고두고 아파한다. 하지만 사실 우리에게 온 모든 것은 결국 떠나갈 것들이다. 우리 몸뚱이조차 어차피 죽어갈 것 아니겠는가.

　봄꽃이 활짝 피었다가 떨어질 때도 너무 짧게 피어 있는 것이 몹시 아쉽겠지만 그렇다고 거기에 집착할 이유는 없다. 이 아름다운 꽃이 떨어지면 거기서 끝날 줄 알지만, 꽃이 떨어진 자리에 초록 연잎이 돋아나기 시작한다. 그리고 그것이 또 커지면서 우거져 수런수런거리며 진한 숲의 생기로움을 만들어 준다. 그런데 그 또한 때가 되면 단풍이 들어 한껏 아름다움을 뽐내다가 결국 떨어지고 만다. 그런 떨어짐과 앙상한 침묵의 추운 시기가 지나면 또다시 봄꽃을 피워 낸다.

　이 꽃의 순환과도 같이 우리의 삶 또한 끊임없이 순환하는 것일 뿐이다. 생사도 이럴진대, 우리 인생에서 일어나는 크고 작은 괴로움, 집착, 소유, 이런 것들이 뭐 얼마나 대단하다고 우리가 막 목숨 걸고, 이거 아니면 절대 안 된다고 사로잡힐 것이 있겠나. 다 잠깐 왔다가 가는 것뿐인데, 잠깐 왔다가 가는 것에 목숨 걸 이유는 없다.

　이런 것들을 가만히 생각해 보면, 정말 우리 인생에서 그토록 속 쓰려 하면서, 심각해 하면서, 아옹다옹하며 살 필요가 없다는 것을 느끼게 된다. 가볍게 왔다가 가볍게 가는 것이야말로 자유로운 인생이 아니겠나.

　인생에는 호들갑 떨면서 난리 칠 만한 것도 없고, 치를 떨면서 미워할 만한 것도 없다. 모든 것은 왔다가 가는 것일 뿐이니. 한 번

온 것은 반드시 갈 수밖에 없지 않은가.

　이런 진리 앞에서, 사실 우리는 걱정할 필요가 없다. 온 것은 죄다 떠나간다는 것이 너무나도 당연한 일이니까, 걱정할 필요가 없다는 것이다. 그건 괴로운 무엇이 아니라 당연하고 자연스러운 무엇이기 때문이다.

　바람이 불어오는 것처럼, 꽃이 피고 지는 것처럼, 밤과 낮이 바뀌고, 계절이 순환하는 것처럼, 이 모든 자연의 자연스러운 변화처럼, 우리 인간이란 존재도 자연의 일부다. '나다' 하는 망상만 없다면, 나는 한 존재로서의 내가 아니라, 그저 여기에 이렇게 있는 자연 그대로일 뿐이다.

　이처럼 오고 가는 생사법과 인연법의 자연스럽고도 당연한 이치를 아는 사람이라면, 사랑하는 것이 떠나갔을지라도 너무 오랫동안 사로잡혀 괴로워할 필요는 없음을 알게 될 것이다. 물론 함께한 시간만큼 아픈 기간이 필요하겠지만, 그 아픔을 받아들인다면, 오히려 아픔의 시기는 더 짧아질 것이다.

chapter 9 수용

눈부시게 빛나는 삶이 있을 뿐

현실이
답이다

우리는 언제나 삶에서 경험해야 할 것만을 경험한다.
지금 내게 일어나는 일이야말로
내가 지금 이 순간 경험하고 배워야 할 바로 그것이다.
제법실상(諸法實相), 현실이야말로 언제나 진실이다.

괴로움이 오는 이유는 나를 괴롭히기 위해서가 아니다. 사실 괴로움은 문제로서 온 것이 아니라 '답'으로서 왔다. 그 괴로운 현실은 내가 최상의 답이 무엇인지를 깨닫게 해 주기 위해 찾아온 것이다!

지금 나에게 주어진 현실은 이 우주가 판단하기에 가장 유효하고 가장 적절한, 가장 좋은 시기를 맞춰 나를 돕기 위해, 나를 깨닫게 하기 위해 온 것이다.

그렇기에 현실이야말로 언제나 진실이다. 제법(諸法)이 그대로 실상(實相)이다. 그러니 주어진 현실을 문제라고 여기며 이 현실에서 벗어나려고 애쓸 필요는 없다. 지금 여기에 주어진 것을 버리고, 또 다른 것을 찾아 나서야 하는 것은 아니다.

현재가 다소 괴롭다고 할지라도, 그 상황을 문제라고 여기면서 풀기 위해 애쓰지 마라. 오히려 그 괴로운 현실과 함께 있기를 선택해 보라. 그 괴로움이라는 진실을 받아들이라.

현재에 무엇이 있든, 바로 지금 여기에 있는 이것을 선택하라. 지금 이대로를 받아들이라. 문제는 없다.

그것이 무엇이든 바로 지금, 당신의 현재를 살아 내는 것, 그것이 당신이 지금 여기에서 해야 할 유일한 일이다. 지금 여기에 그저 있으라. 존재하라.

만사는
형통

많은 이들이 절에 가서 만사형통을 기원한다.
그러나 만사는 언제나 형통 아닌 적이 없다.
세상만사는 늘 저절로 완벽하게 풀려나가고 있다.
다만 내 스스로 안 풀린다고 생각했을 뿐.

세상만사는 우리가 특별히 애쓰지 않더라도, 엄청난 노력을 가하지 않더라도 물 흐르듯 저절로 완벽하게 풀려나가고 있다.

우리는 절에 가서 만사형통을 발원하지만, 사실 만사가 형통되지 않았던 적은 단 한 순간도 없다. 봄이 오면 저절로 꽃은 피고, 여름이 오면 녹음이 우거지며, 가을이면 열매를 맺고, 겨울이면 휴식의 시간을 가진다.

우리의 삶 또한 마찬가지다. 배고프면 저절로 먹을 것을 찾고, 목이 마르면 저절로 물을 찾는다. 오래 잠을 자다 보면 누가 시키지 않아도 저절로 잠에서 깬다. 오래 걷게 되면 저절로 쉬고 싶어지고, 또 오랫동안 쉬다 보면 다시 무언가 할 일을 찾는다. 누군가가 공격해 오면 저절로 방어하게 되고, 비가 오면 비를 피하며, 심심하면 사람들과 관계를 맺는다.

이 모든 것은 저절로 이루어진다. 전혀 노력하지 않더라도 자연스럽게 저절로 이루어지는 것이다. 이처럼 세상 모든 일도, 또 나의 모든 일도 만사형통 아닌 것이 없다.

다만 사람들이 생각으로 분별망상을 일으켜, 이건 이래야 하고 저건 저래야 한다고 고정 짓고, 특정한 방식을 바라는 마음을 가지면서부터 그 마음에서 어긋나는 것들이 생기기 시작한 것이다. 특정한 방식을 바라게 되면, 그것과 다른 방식으로 일이 일어날 때 잘못된 것이라고 여기게 된다. 세상 일이 내 맘대로 안 된다고 여기고, 하는 일마다 실패라고 여기는 것이다. 만사형통이 아니게 된다. 그러나 그 마음은 어디에서 시작되었나? 그렇다. 내 스스로 이렇게 저렇게 되어야 한다고 고정 짓기 시작하면서부터 어긋나기 시작한 것일 뿐이다.

우리가 정작 바라는 것은 만사형통이 아니라, 내가 요구하는 특정한 방식으로 일이 이루어지는 것이다. 그러나 내가 원하는 방식이 언제나 진정 나 자신에게 좋은 방식일까?

그때는 이렇게 되기를 바랐지만, 시간이 지나고 보니 그렇게 되지 않아서 정말 다행이라고 여겼던 적은 없었는가? 그때는 다 망했다고 여겼는데 지나고 보니 오히려 잘된 일이 있긴 않은가? 그 사람과 인연 맺기 싫었지만 알고 보니 참 좋은 사람이었던 적은 없었는가?

우리는 내가 좋은 나만의 특정한 방식을 고집하며, 그것만이 나에게 이익이 될 거라고 굳게 믿는다. 하지만 이 우주법계는 내가 미처 보지 못하는 더 넓고 깊은 전방위의 모든 영역을 살펴보고 삶을 흘러가게 한다.

이 우주법계는 더 깊은 지혜로써 다차원적이고 전방위적으로, 나를 진정으로 돕기 위한 일들을 매 순간 만사형통으로 이루어 내고 있다. 내가 할 일은 아무것도 없다. 그저 존재할 뿐.

그저 만사는 언제나 형통임을 깨닫고 그 흐름에 나를 얹어 놓는 것이 전부다. 세상은 언제나 만사형통으로 늘 그렇게 있다. 이렇게 모든 것은 이미 주어져 있다. 그러니 그저 그렇게 있으라.

눈부시게 빛나는
삶이을쓴빤

괴로운 현실은 없다. 괴롭다는 나의 생각이 있을 뿐!
현실을 괴로움이라고 해석하지만 않는다면
현실은 언제나 '있는 그대로'일 뿐 좋거나 나쁘지 않다.
판단하지 않고 있는 그대로 바라볼 때 삶은 늘 빛나는 진실이다.

언제나 삶은 중립적이다. 상황 자체는 그저 있는 그대로일 뿐이다. 내 스스로 현실이라는 중립적 상황을 괴로움이라고 해석하기 시작하면 삶이 괴로워지기 시작한다.

괴롭다는 생각이 있을 뿐 괴로운 현실은 없다. 괴로움도 사실 내 스스로 생각을 조작해 만들어 낸 환상에 불과하다. 눈앞의 현실을 괴로움이라고 해석하기를 멈춰 보라.

사랑하는 사람과 헤어졌다는 상황은 사실 중립적인 현실이다. 어쩌면 그녀와 헤어졌기 때문에 훗날 더 좋은 사람을 만날 수도 있다. 이 상황이 나에게 도움을 줄지 아픔만을 줄지는 알 수 없는 미지의 영역이다. 그것을 '모를 뿐'의 미지인 채로 남겨 두어 보라. 알 수 없는 사실을 알 수 있는 것처럼 자기 식대로 해석하지 마라.

내 쪽에서 해석하기를 멈추면, 삶은 있는 그대로 텅 비고 여여(如如)하다. 다만 내 스스로 옳다거나 그르다고, 좋다거나 싫다고 해석하고 그 판단 속에 빠져 그러한 삶이 진짜라고 믿기 시작했을 뿐이다.

결국 삶을 만들어 내는 것은 자기 자신이다. 있는 그대로 아무 문제없는 진실의 삶을 내 스스로 규정하고, 조작하고, 그 속에 자신을 가두었다가 그 속에서 뛰쳐나오려 애쓰는 등의 중생 놀이를 하고 있었을 뿐이다.

그 헛된 중생의 망상 놀이만 그친다면 삶은 늘 빛나는 진실이다.

적응하며
성장하는
존재

인간은 어떤 최악의 환경에서도 잘 적응하는 놀라운 존재다.
현실을 받아들이는 수용의 힘이 크다는 것은
그 괴로운 상황을 빨리 지나가게 한다는 것과 같다.
괴로움은 거부하면 지속되지만, 받아들이면 빨리 사라진다.

제2차 세계 대전 당시 아우슈비츠 수용소에서 살아남은 사람들의 환경 적응력은 실로 놀라웠다고 한다. 수용소의 사람들은 하루 빵 한 조각과 수프 한 접시로도 건강을 유지했고, 이를 닦지 못해도 잇몸이 괜찮았으며, 손에 상처가 난 채 하수도를 치워도 상처가 곪지 않았다고 한다.

또한 〈정글의 법칙〉이라는 텔레비전 프로그램에서는 화려한 삶을 살던 연예인들이 먹을 것도, 잘 곳도 마땅치 않은 정글에 가서 잘 적응하는 모습을 보여 준다.

이처럼 인간은 적응하는 데 걸리는 시간, 즉 받아들이는 데 걸리는 시간만 주어진다면 그 어떤 곳에서도 잘 적응한다. 다만 변화를 수용하는 데는 일정한 시간이 필요할 뿐이다. 현 상황을 받아들이는 수용력이 바로 그 적응의 기간을 단축해 준다.

괴로운 일이 생긴다면, 그것이 빨리 지나가기를 바라지 말고, 오히려 그것을 허용, 수용해 주라. 그것과 함께 있어 주라. 바로 그 받아들임의 힘, 그 현존의 수용력이야말로 괴로움을 빨리 지나가게 하기 때문이다.

삶에 괴로움이나 혼란 없이 안정적이기만을 바라지 마라. 불편하고 불안정할 때 오히려 새로운 가능성이 열린다. 고통을 수용할 때, 그 속에서 성장과 깨달음의 꽃이 피어난다. 마음을 열고 주어진 고통과 불안정을 초대할 때 무한 가능성이 열린다.

삶의 모든 것은 내 뜻과는 상관없이 인연 따라 오고 간다.
한 번 온 것은 반드시 떠나간다. 그것도 예고 없이 불쑥.
언제 떠나갈지 모를 허망한 것들에 집착할 이유가 없잖은가.
오는 것을 막지도 말고, 가는 것을 붙잡지도 마라.

내 삶에는 수많은 인연이 오고 간다. 사람도, 돈도, 지위도, 인연도, 사랑도, 자녀도, 무수히 많은 것이 내 삶 위로 왔다가 사라진다. 그것들은 내 뜻과 상관없이 삶 그 자체의 법칙에 따라 오고 간다.

인연 따라 만들어진 모든 것들은 이처럼 한 번 오면 반드시 가는 것이 법칙이다. 그러니 좋다고 온 것을 붙잡을 것도 없고, 간다고 서운해 할 것도 없다. 중요한 점은 예고 없이 불쑥 떠나간다는 점이다.

사랑의 달콤함과 이별의 아픔은 언제나 동전의 양면처럼 붙어 다닌다. 물론 좋은 인연이 다가올 때는 마음껏 즐기라. 사랑하는 사람을 마음껏 사랑하라. 다만 그것은 한때임을 기억하라.

우주법계는 언제나 나를 위해 가장 최적화된 인연만을 정확한 때에 보내 주고, 가장 적정한 시기에 그 인연을 철수시킨다.

그 인연이 오고 가는 것을 결정짓는 핵심은 '자비'와 '지혜'에 있다. 그 인연은 우리를 돕기 위해 자비로운 배려로써 오고 가는 것이다. 그 인연을 통해 우리는 지혜를 배우고 삶을 성장시키며, 깨달음을 얻게 된다. 그러니 이 감사한 인연법 앞에서 우리가 할 수 있는 것은 인연을 받아들이고, 그 인연을 통해 성장하는 것이다. 다만 그 인연에 집착해서는 안 된다.

고통을 한아름안고기
수어지는 대로 받기

악업은 최대한 빨리 받는 것이 좋고,
선업은 되도록 늦게 받는 것이 좋다.
업은 늦게 받을수록 이자가 눈덩이처럼 불어난다.
선업은 미루고, 악업은 기쁜 마음으로 용기 내어 받으라.
물론, 더 좋은 것은 주어지는 대로 받는 것이다.

업(業)이라는 것은 하나의 행위에 대한 흔적이다. 유식(唯識)에 의하면 악업이나 선업을 행하고 나면 그 흔적이 업장이라는 저장 창고, 즉 아뢰야식에 저장이 되게 마련이라고 한다. 그렇게 저장되어 있는 것은 매일의 현실에 영향을 미칠 수밖에 없다. 저장되어 있는 업장이 하나의 색안경이 되어 현실을 되비추는 것이다.

그래서 악업이 많은 사람은 악업이라는 색안경을 끼고 현실을 바라본다. 그 사람은 어떤 대상을 보더라도 삐뚤어진 시선으로 바라보기 쉽다. 반대로 선업을 많이 지은 사람은 선업이라는 색안경을 끼고 현실을 바라보면서 무엇이든 긍정적이고 밝은 쪽, 선한 쪽으로 해석한다. 그러니 업의 측면에서 본다면 악업은 빨리 받을수록 좋고, 선업은 늦게 받을수록 좋다. 업은 늦게 받을수록 이자가 눈덩이처럼 불어나기 때문이다.

아직 과보를 받지 않은 선업의 씨앗들은 내면에서 공명하며 우주의 선한 에너지들을 끌어당긴다. 그러니 선업의 과보는 천천히 받는 것이 좋다. 반면에 악업은 빨리 받는 것이 좋다. 아직 과보로 나타나지 않은 악업의 흔적이 내면을 물들여 악업과 공명하는 탁한 우주의 에너지들을 끌어당기기 때문이다.

사람들은 끊임없이 자신의 인생에 좋은 일만 일어나길 바라고, 요행이 일어나길 바란다. 그러나 업보의 법칙을 아는 사람이라면 애써 좋은 일만 일어나기를 바라지는 않을 것이다. 반면에 괴롭고 힘든 일이 일어났다면 그것이야말로 환영할 일이다. 그 악업을 툭

툭 털고 새롭게 시작할 수 있기 때문이다.

더욱이 그 고통을 감당하리라는 활짝 열린 마음으로 수용한다면, 그 고통은 생각했던 것보다 빨리 지나간다. 한 달 동안 계속되어야 할 악업의 업보가 있다고 해 보자. 그 괴로움을 거부하는 사람에게는 한 달이 넘도록 지속될 수도 있다. 하지만 같은 괴로움을 기쁜 마음으로 받아들여 주도적으로 감당하고자 하는 이에게는 일주일만 왔다 갈 수도 있다. 그것이 바로 업장을 받아들이는 이에게 주는 우주의 선물이다.

인과응보, 업보라는 우주의 법칙을 자연스럽게 받아들이는 것은 곧 내가 이 우주법계와 하나가 되어 흐르는 것이다.

사실 우주는 우주 그 자신에게 고통을 오래도록 주려는 의도가 전혀 없다. 삶을 받아들인다는 것은 곧 내가 우주 전체임을 받아들이는 것이다. 내가 곧 우주와 하나되는 것이다. 그렇기에 가장 좋은 것은 매 순간 일어나는 일이야말로 우주법계에서 가장 적절할 때에 보내 주는 업보임을 알고, 있는 그대로 받아들이는 것이다. 사실 좋은 일, 나쁜 일이라는 것 자체가 내가 내리는 하나의 판단일 뿐 절대적인 선악이 아니지 않은가.

'나'가 사라지고 우주와 하나가 된 사람이라면 당연히 좋고 나쁜 판단을 내리지 않을 것이다. 나에게 좋거나, 나에게 싫어야 하는데 그 '나'라는 것이 사라진 사람에게는 좋음과 나쁨이라는 판단과 분별 역시 사라질 것이기 때문이다.

삶의 반전
불행 속에 행복이 있다

괴로움이 있는 바로 그 자리에 괴로움의 소멸도 함께 있다.
번뇌즉보리, 번뇌 그 자리에 깨달음도 함께 있다.
괴로움을 인정하고 받아들여 괴로움과 함께 있어 주라.
진흙 속에 연꽃 피듯, 괴로움 바로 그 자리에서 기쁨은 드러난다.

삶은 고(苦)다. 사랑 때문에 괴롭고, 미움 때문에 괴롭다. 미래에 대한 불안감 때문에 괴롭고, 사랑받지 못할까 봐 괴롭다. 사실 그 어떤 괴로움일지라도 괴로움 그 속에 답은 있다. '번뇌즉보리(煩惱即菩提)'이기에 괴로움이 있는 바로 거기에 보리(菩提)와 열반(涅槃)도 함께 있다.

보통 우리는 괴로움이 생기면 벗어나려고 애쓴다. 그러나 나를 찾아온 괴로움, 외로움, 불안, 미움, 번뇌를 버리고 새로운 행복, 충만, 사랑, 평안, 고요, 용서를 찾고자 한다면 오히려 어긋난다. 둘로 나눠 놓고 그중 하나를 선택하는 분별이기 때문이다. 둘로 나누면 그중 하나는 선택받고 하나는 선택받지 못한다. 둘이 서로 싸워야 한다.

번뇌가 온 이유는 '번뇌즉보리'를 깨닫게 해 주기 위함이다. 괴로움에서 벗어나는 가장 좋은 길은 괴로움에서 벗어나기를 포기하고, 괴로움을 인정하고 받아들여 괴로움과 함께 있어 주는 것이다. 괴로움이 마음껏 나래를 펴고 발산될 때 오히려 머지않아 사라진다. 진흙 속에서 연꽃은 핀다.

괴로움이 나를 찾아온 이유는 괴로움으로 발산되기 위함이다. 그런데 내가 그 괴로움을 거부하려고 하거나 없애려고 애쓴다면 그 괴로움을 상대로 싸우자는 것이 아닌가. 그 싸움에서 우리는 언제나 백전백패일 수밖에 없다. 그것은 곧 삶 자체와 싸우는 것이기 때문이다.

오히려 괴로움이 나를 통해 자유자재하게 발산되기를 허용해 주어 보라. 그렇게 되면 괴로움과 동전의 양면처럼 붙어 있는 깨달음의 가능성도 함께 따라 온다. 괴로움이 와야 깨달음도 오는 것이다. 번뇌즉보리는 곧 괴로움이 깨달음과 다르지 않음을 의미한다. 그러나 괴로움을 거부하면 깨달음도 거부된다. 사실 괴로움은 깨달음이 자신의 본래 모습을 숨기고 괴로움이라는 가면을 쓴 채 나타난 환영이다.

괴로움, 외로움, 불안, 미움, 번뇌를 버리고 행복, 충만, 사랑, 평화, 고요, 기쁨 등을 따로 찾으려 애쓰지 마라. 오히려 괴로움, 외로움, 불안, 고통, 번뇌, 아픔 속에 내가 그토록 찾던 모든 아름다운 것이 담겨 있다.

삶이란 그런 것이다. 이것이 바로 삶의 아이러니다. 극과 극은 서로 다른 둘이 아니라 서로 연결된 하나다. 생사 속에 열반은 피어 있고, 중생 속에 부처는 있다. 색즉시공이며 공즉시색이다. 이것이 바로 그것이고 그것이 바로 이것이다.

이 세상에 따로따로 나눠진 것은 어디에도 없다. 행복과 불행은 둘이 아닌 한몸이다.

이것 속에 저것이 있고, 불행 속에 행복이 있다. 삶은 이토록 아름답고도 장엄한 반전이다.

지금 있는 것이요여
아무것도 원하지 마라

지금 이대로 그저 존재할 때는 아무런 문제가 없다.
그러나 한 생각 올라오면서 온갖 문제가 생겨난다.
생각을 믿지 마라. 에너지를 보태지 마라.
지금 있는 것이야말로 존재의 진실이니, 그저 이대로 있으라.

우리는 가장 평범할 때 가장 평화롭다. 지금 이대로의 현실을 온전히 받아들인 채, 다른 그 무엇도 원하지 않고 있어 보라. 이런 자연스러운 평상심에 있을 때 애서 평화를 찾으려 노력하지 않더라도 저절로 평화 속에 존재하게 된다. 이것이 바로 무위의 삶이다.

문제는 이런 평범하고도 자연스러운 평화의 상태가 자주 깨진다는 데 있다. '지금 있는 이대로'가 아닌 다른 어떤 상태가 되려고 애쓸 때 평화가 깨지게 된다.

그러면 지금 있는 이대로의 상태가 아닌 다른 무언가가 되려고 원하는 마음은 어떻게 들어오는 것일까? 우리에게 뜬금없이 하나의 생각이 일어난다. 혹은 어떤 경계를 보거나 듣거나 생각할 때, 즉 경계를 접촉하게 될 때 그것과 인연된 생각이 일어난다. 그렇게 생각이 올라오는 것까지는 아무런 문제가 되지 않는다. 문제는 바로 이 생각을 실체화하고, 힘을 실어 주고, 그 생각이 진짜라고 믿게 되면서부터 생겨나기 시작한다. 사실 그 생각은 바람처럼 잠시 왔다가 사라지는 허망한 것일 뿐 진실이 아니다. 그런데 우리는 그 생각을 진실이라고 믿는다.

예를 들어 맛있는 커피 한 잔을 마셨으면 좋겠다, 누군가와 사랑에 빠졌으면 좋겠다, 조금 더 넓은 집에서 살았으면 좋겠다, 지난주에 나에게 욕을 했던 그 사람에게 어떻게 복수해 주지?, 내일 있을 업무들을 목록표를 만들어 정리해 놓아야 안심이 되겠다, 다음주에 있을 회사 미팅을 어떻게 성사시키면 좋을까 등등의 온갖 생각들이 올라온다. 이렇게 하나의 생각이 들어오면, 우리는 곧장 지금 이대로에 만족하지 못하게 된다. 지금 이대로의 평화가 깨지면서 또 다른 무언가를 원하게 되는 것이다. 맛있는 커피 한 잔을 마셨으면 좋겠다는 생각이 올라오면 지금 이대로는 충분하지 못하고, 커피를 한 잔 마셔야 행복할 거라고 느끼게 된다.

다음주의 회사 업무를 떠올리는 순간 그 업무의 무게감이 실제인 것처럼 느껴지고, 버겁고 바쁜 마음으로 헐떡이기 시작한다. 이처럼 생각이라는 헛된 망상과 분별심이 올라옴과 동시에 지금 있는 것과는 다른 무언가를 원하게 된다. 그로 인해 우리의 평화는 깨지고, 혼란과 스트레스가 시작된다.

이처럼 생각은 지금 있는 것과 우리를 다투게 한다. 그러면 어떻게 해야 할까? 생각에 힘을 부여하지 않고, 붙잡지 않은 채 그저 왔다가 가도록 내버려 둘 수 있어야 한다. 생각을 믿지 않는 것이다. 바로 그때, 우리는 지금 이대로를 받아들이게 되고, 지금 이대로의 모든 것을 사랑하게 된다.

가장 평화로울 때 우리는 그저 지금 있는 것만을 원한다. 반면에 생각은 언제나 지금 있는 것이 아닌 다른 무언가를 원해야 한다고 끊임없이 속삭인다.

지금 있는 것이야말로 존재의 진실이다. 지금 있는 것 이외에 아무것도 원하지 않을 때 삶은 평화를 되찾게 된다.

있는 그대로

생각이
삶을 앗아간다

삶을 앗아가는 것은 죽음이 아니라 나 자신이다.
삶은 무한히 살 기회를 주지만 우린 매 순간을 죽이고 있다.
우리는 생생한 삶을 사는 것이 아니라, 허망한 생각 속에서 산다.
생각으로 해석된 현재가 아닌, 있는 그대로의 현재를 살라.

우리는 삶을 살고 있는 것이 아니라, 내 생각 속에서 해석되고 색안경으로 걸러진 망상 속에서 살아가고 있다. 삶을 사는 것이 아니라, 생각 속에서 산다. 있는 그대로의 생생한 실제 삶을 경험하지 못하는 것이다.

눈앞에서 눈부신 아침해가 장엄하게 솟아오르지만 도시의 사람들은 그 장엄함에는 관심도 없이 스마트폰에 시선을 고정한 채 걷는다. 심지어 산길을 걸을 때도 이어폰에서 흘러나오는 라디오 뉴스를 듣는다.

내 앞에서 눈부시게 아름다운 한 아이가 커 가고 있지만 우리는 매일 그 천사와 싸우기 바쁘다.

하루하루 놀랍고도 눈부신 현실이 펼쳐지고 있지만, 우리는 그 생생한 날것의 현재를 살지 못한다. 있는 그대로의 현실을 머릿속에서 색안경으로 거르고 판단하고 해석함으로써, 내 식대로 해석된 현재만을 살 뿐이다. 이 눈부신 하루를 생생하게 살지 못하고 매 순간 현재를 죽이고 있다.

삶을 앗아가는 것은 죽음이 아니라 바로 나 자신이다. 내 안의 생각과 판단들이다. 생각이라는 허망한 환상 속 세상에서 사느라, 생생한 현실을 죽이지 마라. 매 순간을 생생히 경험하고 누리고 느끼며 온전히 살아 내라.

있는 그대로를
느껴 보라

어떤 느낌이 일어나면 그것을 충분히 느끼되
거기에 대해 해석, 판단하지 마라. 붙잡거나 거부하지 마라.
생각으로 순수한 느낌을 오염시키지 말고 있는 그대로 느껴 보라.
있는 그대로의 날것, 맨 것을 다만 느껴 보라.

그 어떤 느낌이라도 그 느낌이 일어나는 순간, 아무런 해석이나 판단 없이 그저 있는 그대로 느껴 볼 수 있을까? 아무런 덧칠이 가해지지 않은 맨 느낌, 그 자체를 느껴 보는 것이다.

사실 느낌에 좋고 나쁨은 없다. 좋거나 나쁘다고 생각된 느낌은 이미 생각과 판단, 해석이 가해져서 덧칠된 것이다. 그것은 느낌 그 자체의, 있는 그대로의 순수성을 오염시킨다.

과연 느낌이 진짜일까? 40도를 웃도는 더위가 때로는 짜증나지만, 찜질방에서는 오히려 덥지 않다고 느끼며 더 더워지기를 원할 것이다. 그 허망한 느낌을 우리는 그동안 실체라고 여기고, 진짜라고 여기며 취하거나 버려 왔던 것이다.

있는 그대로의 이 세상과 만나 보라. 날것 그 자체를 느껴 보라. 좋고 나쁜 수많은 느낌들, 좋은 느낌은 더 느끼고 싶어 집착하고, 싫은 느낌은 달아나고 싶어 거부하는 그 덧칠을 빼고 그저 있는 그대로의 날것을 다만 느껴 보라.

머리로 세상을 만나는 것이 아니라, 가슴으로 직접 세상과 통해 보라. 머리는 둘로 나누어 해석하지만, 가슴은 그저 하나로 통할 뿐이다.

해석 없이 있는 그대로 느낄 때, 우리가 만나는 세상 그 모든 것은 있는 그 자체만으로 충분하며 완전하다.

참된 지혜는 지식을 통해서 오는 것이 아니라
언제나 근원적인 영감과 직관에서 나온다.
지식과 생각이 놓이는 자리에 직관이 깃든다.
직관은 내면 깊은 곳, 편만한 우주로부터 동시에 나온다.

생각이 삶의 온갖 문제들에 대한 지혜로운 해결책을 가져다 줄 수 있을까? 그렇지 않다. 생각은 필요할 때 잠시 써먹을 수 있는 좋은 도구이기는 하지만, 근원적인 지혜를 이끌어 내지는 못한다.

생각은 언제나 '나'를 중심에 두고 세상 모든 것을 둘로 나눈 뒤 그중에 내게 이로운 쪽을 귀신같이 찾아내는 놀라운 본능을 가지고 있기 때문이다.

습관적인 생각으로 판단, 분별하기를 잠시 멈추고, 무심(無心)의 고요함 속으로 들어가 보라. 생각이 놓이는 자리에, 그 고요하고 텅 빈 공간 위로 영감과 직관이라는 깊은 지혜가 드러난다.

직관이란 머리에서 논리적으로 짜낸 생각이 아니다. 가슴에서, 아니 저 깊은 심연의 본성으로부터, 혹은 우주법계의 근원으로부터 올라온다. 직관은 진리의 소식을 전해 주는 지혜요, 영감이다.

대기업의 총수들도 의외로 논리와 생각보다 남들이 보기에는 뜬금없고 갸우뚱할 만한 직관적인 영감에 더 많이 영향 받는다고 한다. 머리보다는 오히려 가슴을 따른다는 것이다.

사실 모든 사람이 비슷하다. 왜인지 나도 잘 모르겠지만, 혹은 이것보다 저 결정이 누가 봐도 더 좋은 것인 줄 뻔히 알면서도 가슴에서 올라오는 직관적인 영감을 따르는 경우는 많다. 얼핏 보면 얼토당토않은, 논리성이 결여된 결정인 듯도 하다. 하지만 사실 그런 결정이야말로 내가 가야 할 삶의 방향을 알려 주는 지혜의 나침반이다.

사랑할 때 무슨 논리와 생각과 이유가 필요한가? 부모님이 아무리 반대를 해도 가슴이 시키면 그 모든 반대를 무릅쓰고 자신이 선택한 사랑을 택하지 않는가. 왜 그럴까? 결정적인 순간에 우리는 왜 이렇게 맹목적이면서도 용감해지는 것일까? 그것이 바로 이 우주가 보내 준 삶의 힌트임을 본능적으로 알기 때문이다. 우리는 이처럼 결정적일 때 늘 생각보다는 직관을 쓰고 살고 있다.

바로 직관과 영감이라는 더 깊은 차원의, 저 너머에서 온 메시지를 보다 자주 인생의 무대 위에 꽃피워 보라. 그러려면 더 많이 생각하고, 더 많이 고민할 것이 아니다. 더 자주 생각을 비우고, 더 많이 가슴의 떨림에 귀 기울이며, 자연과 교감하고, 자연스러워질 필요가 있다.

직관력은 삶에서 힘을 빼고, 유연해져서 그 모든 것이 들어오도록 자신을 활짝 열어 자연스러운 삶에 자신을 내맡길 때 드러나기 때문이다.

어떤 인생
곤란함풀기

일을 하다가도 문득문득 잠시 멈추어 보라.
멈춰 서서 지금 이 순간을 낯선 시선으로 살펴보라.
삶이라는 연극에서 잠시 내려와
한 발자국 떨어진 객석에 앉아 지켜보는 시간을 가져 보라.

🍁 흘러가는 삶에 깊이 개입하지 않은 채 한 발 떨어져 연극을 보듯 흥미로운 관찰자가 되어 보라. 잠시 삶이라는 연극 무대에서 내려와 한 발자국 떨어진 객석에 앉아서 '그'가 연기하는 삶을 지켜보는 것이다.

참된 수행자는 한도인(閑道人), 한가로이 쉬면서 그저 삶을 바라보는 자다. 이렇게 된다면 삶은 저만치서 흘러가고, 당신은 한 발뒤로 물러난 관객이 될 것이다. 관객은 다만 지켜볼 뿐, 그 스토리에 사사건건 간섭하지는 않는다.

우리 삶에서도 마찬가지다. 하나하나 간섭하고, 판단하며 머리 굴리지 말고, 그저 거기에서 살고 있는 어떤 삶을 다만 관람해 보라. '내가' 산다고 여기거나, '나의 삶'이라는 수식을 빼고 어떤 존재가 왔다가 다양한 삶의 스토리를 보여 주고 떠나는 이 생생한 연극을 그저 지켜보는 것이다.

삶에 깊이 개입할수록 그 연극에 빠져든다. 그리고 그 연극에 등장하는 인물이 진짜 나인 줄 착각하고, 이 삶이란 연극 전부를 진짜로 여겨 사로잡히게 된다. 그렇게 아상(我相)과 법상(法相)이 생긴다. 바로 이 상에서 모든 괴로움이 생겨난다.

『금강경』에서는 약견제상비상 즉견여래(若見諸相非相 卽見如來)라 하여, 모든 상이 상 아님을 보면 곧 여래를 본다고 했다. 나도 세상도 진짜가 아닌 연극이며 꿈임을 알면 깊이 사로잡히지 않게 되고, 그간의 모든 괴로움은 실체가 아님을 깨닫게 된다.

생각을 흘려보내기
생각을 흘려보내기

하루에도 수만 가지 생각이 우리를 어지럽힌다.
생각이 일어나면 분별없이 그 생각을 지켜보기만 하라.
생각에 끌려가지 말고 필요에 따라 생각을 써먹으라.
그때, 생각이 아무리 일어나도 일어난 바가 없다.

뇌과학자들은 인간에게 보통 하루 6만 개 정도의 생각이 올라온다고 말한다. 이렇듯 셀 수도 없이 올라오는 생각을 우리는 과연 몇 개 정도 알아차리고 있을까? 아쉽게도 우리는 우리가 일으킨 생각을 거의 자각하지 못한다. 생각은 내 통제 범위 바깥에서 제 스스로 힘을 가지고 인연 따라 저절로 올라오곤 한다.

내가 나쁜 사람이라서 나쁜 생각이 올라오는 것이 아니다. 그저 인연만 맞으면 어떤 생각도 저절로 생긴다. 그러니 어찌 생각을 '내 것'이라고 할 수 있겠는가?

나쁜 생각이 올라왔다고 나를 나쁜 놈으로 몰아붙일 필요는 없다. 생각을 나와 동일시하지 마라. 그 일어나는 생각을 판단하지 않고, 내 생각이라고 여기지 않은 채, 다만 바라보기만 할 때 생각은 힘을 잃는다.

필요한 생각이라면 해도 좋다. 하되 거기에 끌려가지만 마라. 필요에 따라 분별력 있게 판단하고 행동하되, 그 생각을 진짜라고 여기지 마라. 그 생각으로 인해 공연히 괴로워할 것도 없다.

생각에 휘둘리는 대신 생각을 필요에 따라 써먹을 수 있다.

그렇게 된다면 생각을 해도 생각한 바가 없는 것이다. 머무는 바 없이 마음을 낸 것이다.

참된 고요함은 생각이 일어나지 않는 것이 아니라, 일어나는 생각에 휘둘리지 않는 것이다. 생각이 일어나도 일어난 바가 없어지는 것이다. 주인이 되어 생각을 필요할 때만 쓰라.

'있음'으로써
오스 얻게 말라할라

늘 무언가를 하고 있는 '행위'의 상태를
아무것도 하지 않고 그냥 있는 '존재'의 상태로 바꿔 보라.
그저 존재하는 '있음'의 순간 속에서 모든 것이 가능해진다.
행위할 때가 아닌 그저 있을 때 모든 것은 '되고' 있다.

당신은 어떤 상태로 있는가? 어떤 느낌으로 존재하고 있는가? 당신이 보내는 하루하루의 삶을 살펴보라. 그 삶은 나 자신의 '있음'을 증명하고 있다.

당신이 원하거나 되고 싶은 삶, 혹은 당신이 생각하거나 욕망하는 삶, 그것도 물론 삶을 창조한다. 그러나 진정한 창조의 힘은 '있음'에서 온다. 당신이 지금 '되어 있는' 그 '있음'의 상태야말로 당신의 미래를 만드는 창조의 힘이 된다.

당신은 행복한 자로 있는가, 아니면 불행한 자로 있는가? 오늘 하루를 어떻게 살고 있는가? 당신은 성공한 자로 있는가, 아니면 실패한 자로 있는가? 바로 이 순간, 당신이 되어 있는 것은 무엇인가? 당신이 되어 있는, 그리고 매 순간 '있는' 상태 그것이야말로 당신을 힘 있게 해 준다. 그냥 지금 여기에 존재하고 있는 것, 그것이야말로 최상의 지혜와 자비로서 있는 것이다.

그저 '있으라'. 매 순간 그저 거기에 있으라. 당신은 언제나 완전한 있음으로, 완전한 창조를 끝낸 채, 매 순간 완전함으로서 거기에 서 있다. 무언가 더 많은 것을 창조하기 위해, 삶에서 성공을 이루어 내기 위해, 어떤 삶의 문제를 풀기 위해, 또 다른 무엇이 되거나, 또 다른 수많은 정보를 찾아내거나, 무언가를 욕망하고 바라고 얻어야만 하는 것은 아니다.

그 어떤 정보나 자료, 과거의 수많은 데이터들과 욕망, 집착, 생각, 바람이 꼭 필요한 것이 아니다. 그런 것들이 전혀 없다고 할지라도, 사실 우리 내면은 완성된 지혜로 구족하다. 그 완성된 무한 지혜의 장에는 모든 것이 충족되어 있다. 그것을 빼서 쓰기 위해 배우거나, 공부하거나, 사전을 뒤지거나, 사람들에게 묻거나, 머리를 싸매며 골치 아파하지 않아도 된다.

행복해지기 위해 필요한 것은 행복해지려고 노력하는 것이 아니다. 다만 행복한 존재로 있으면 되는 것이다. 행복은 특정 '상황'에서 만들어지는 것이 아니라 단순히 행복하게 있기를 선택한 자만이 누릴 수 있는 것이다. 그러니 행복하기를 원하는 자는 다만 행복한 존재로 있기를 선택하기만 하면 된다. 행복은 그것 자체로서 원인이지 어떤 다른 것의 결과가 아니다.

풍요로운 상태로 '있기'도 마찬가지다. 우린 언제나 풍요로운 상태로 존재하고 있을 수 있다. 물론 많은 소유물 속에 살지만 궁핍하게 있을 수도 있다. 그것은 언제나 외적인 소유물의 유무가 아닌, 내적인 '있음'에서 결정난다. 아주 작은 것에서도 풍요를 누려 보라. 봄 햇살의 따스함을 만끽해 보라. 찬이 없는 밥 한 끼에서 감사와 풍요를 느껴 보라. 그렇게 풍요로운 상태로 '있을 때' 그것이 원인이 되어, 내일 우리 삶에 더욱 많은 풍요로움이 깃들 것이다.

순간순간의 있음이야말로 당신이 어떤 존재인지를, 또 당신이 무엇을 원하는지를, 이 우주법계에게 말하고 있는 것이다. '있음'으로써 당신은 이 우주에게 명령하고 있는 것이다. 이 우주법계는, 또 당신의 잠재의식은 언제나 당신의 '있음'을 계속해서 더 많이 있게 할 것이다.

있다는 것은, 지금 이 순간의 내가 존재하는 방식을 말해 준다. 내가 누구인지, 어떤 존재인지를 말해 준다. 있다는 것이야말로 생각, 욕망, 바람, 미래, 과거가 배제된 순수한 자기 자신의 존재를 대변해 준다.

불완전하다고 생각하는 자가 있을 뿐이지 불완전한 사람은 없다. 불행하다고 판단하는 사람이 있을 뿐 불행한 삶은 없다. 부족하다고 느끼는 사람이 있을지언정 부족은 없다.

아주 단순하다. 스스로 어떤 존재로 있을 것인지를 결정하기만 하면 된다. 불완전이나 완전 중에 어떤 것을 선택할 것인지, 부족과 풍요 중에 어떤 상태로 있을 것인지, 그 선택권은 당신에게 있다. 결코 외부나 상황에, 타인에게 있지 않다. 그 결정권의 힘을 외부로 넘겨주지 마라.

법정 스님께서는 "삶은 소유가 아니라 순간순간의 있음이다."고 말씀하셨다. 삶이란 얼마나 많이 소유했느냐가 아니라, 순간순간 어떻게 존재하고 있느냐로 결정된다. 적게 소유하고도 풍요롭게 있을 수 있고, 많이 소유하고도 부족하게 있을 수 있는 것이다.

당신은 매 순간의 삶에 어떻게 있을 것인가.

수용과 용서의 명상

죄의식에 사로잡히면 죄업의 탁한 필터로 세상을 바라보게 된다.
죄의식은 우주와 공명하여 더 많은 죄 지을 일들을 만들어 낸다.
숨을 들이쉬며 '수용합니다', 숨을 내쉬며 '용서합니다'.
수용과 용서의 호흡명상을 통해 자신을 받아들이고 용서해 주라.

마음공부를 시작하기 위해서 선결되어야 할 첫 번째가 바로 과거의 죄의식과 잘못, 업장, 고통, 미움 등을 내려놓는 것이다. 과거의 찌꺼기들이 맑게 비워져 있어야 그 텅 빈 기초 위에 진리를 드러낼 수 있기 때문이다.

어떻게 나의 지난 과거를 내려놓을 수 있을까? 나 자신을 완전히 용서해 주고, 지난 과거의 모든 잘못조차도 모두 받아들여 주며, 지금 이 모습 그대로의 나 자신을 사랑해 줄 수 있어야 한다.

나 자신을 있는 그대로 수용해 주고, 용서한다는 것은 너무 평범해 보이겠지만 아주 획기적이고 근원적인 변화이며 수행이다. 내 삶을 근원에서부터 뒤흔드는 작업이다. 그 어떤 잘못이라도 우리는 우리 자신을 무한정 용서할 수 있어야 한다. 왜 그럴까?

죄업에 사로잡혀 있게 되면 평생 그 마음속의 어둡고 탁한 에너지에 걸려서 그 어두운 색안경을 통해서만 세상을 바라보게 된다. 자신의 죄업에 대한 죄의식이 많은 사람, 자신을 나쁜 사람이라고 여기는 사람, 자신의 능력을 폄하하는 사람들은 바로 그 어둡고 탁한 죄업의 필터 때문에 세상 모든 것이 어둡고 탁하게만 보인다. 자존감이 결여된 사람일수록 타인도 존중하지 못한다. 내가 나쁘니 타인도 나쁠 거라고 믿는 것이다.

그렇게 되면 그 죄업과 스스로 못났다는 생각이 이 우주와 공명한다. 그래서 스스로의 죄업과 잘못을 더욱더 증명해 주는 일들이 계속해서 생겨난다. 죄 지을 일들이 늘어나고, 내가 못난 놈임을 증명하는 사건들만 자꾸 삶 속에 나타나게 되는 것이다.

　내가 나 자신을 미워하면 타인도 미워하게 된다. 그 마음으로 인해 나를 미워하는 사람을 어느 곳에 가더라도 만나게 된다. 내가 원한심이 있으면 원한심을 느낄 만한 사람을 만나게 되고, 내가 사랑의 마음이 있으면, 나를 사랑해 주는 사람을 만나게 된다.

　이처럼 내 마음에 있는 것들이 내 인생에 투영되어 나온다. 안팎은 없기 때문이다. 삼계유심 만법유식(三界唯心 萬法唯識)이라고 하듯이, 모든 것은 마음에서 연습한 대로 나타나는 것이다.

　그렇기 때문에 내 마음을 청정히 하면 곧 내가 사는 삶도 청정하게 된다. 그러려면 가장 먼저 있는 그대로의 나 자신을 용서하고 수용해 줄 수 있어야 한다. 자신을 용서하고 수용하려면 어떻게 해야 할까? 간단하다.

　하루에 5분도 좋고 틈나는 대로도 좋다. 내 과거의 잘못이나 업장, 죄의식 등, 내가 과거에 찜찜하고 나쁘게 느꼈던 모든 것을 허용해 주라. 내 어깨를 토닥이며 "괜찮다. 괜찮다." 하면서 '그것은 다 온전한 것이었고, 아름다운 것이었다', '그때의 상황을 이해한다' 하고 따뜻하게 안아 주며 다독여 보라. 마치 어머니가 아무리 잘못을 한 자식이라도 안아 주고 다독여 주듯이 무조건적으로 감싸 안아 주는 것이다.

　숨을 들이쉬면서 '나 자신을 받아들입니다', 숨을 내쉬면서 '나 자신을 용서합니다'라고, 혹은 들숨에 '수용', 날숨에 '용서'라고 말하면서 자기 자신을 수용하고 용서해 주는 것도 좋다.

　호흡을 관찰하며 "수용합니다. 용서합니다." 하고 하루에 백 번, 2백 번, 3백 번 이상 진심으로 수용하고 용서하는 마음으로 해 보라. 부드러운 호흡과 함께 지금 이 순간이라는 당처에서 온 존재로 나 자신을 용서하고 받아들이게 될 때, 비로소 우주법계 또한 여러분을 사랑하고 용서하며 있는 그대로 수용해 주게 될 것이다. 그렇게 과거를 용서해 주고, 있는 그대로의 나 자신을 수용해 주는 것이야말로 나 자신을 온전히 사랑하게 되는 것이다.

　들숨에 '수용', 날숨에 '용서', 수용과 용서의 호흡관을 통해 나 자신을 사랑해 주라.

지금 여기가
진리의 전부

"깨달음은 어디에 있나요?"
"지금 여기에 있지."
"지금 여기에는 아무것도 없는데요?"
"그렇겠지. 자네가 지금 여기에 있지 않으니까."
깨어 있음은 우리에게 아무 결과도 가져다주지 않는다.
다만 지금 여기에서의 깨어 있음만을 줄 뿐!
그것이면 충분하지 않은가.

지금 여기에서 깨어 있으라. 그러나 지금 여기에서 깨어 있으면 무언가 좋은 것을 얻으리라는 망상을 피우지는 마라. 지금 여기에서 깨어 있음은 우리에게 아무것도 가져다주지 않는다. 다만 지금 여기에 존재함을 가져다줄 뿐이다. 그것이면 충분하지 않은가?

그것이 바로 우리가 그토록 찾던 진리요 근원이기 때문이다. 그렇다! 바로 지금 이 순간 내 앞에 이렇게 평범하게 다 드러나 있는 지금 이것 외에 또 다른 진리는 없다.

지금 여기, 지금 이것, 지금 이 자리, 바로 이것이 진리의 전부다. 그렇기에 지금 여기에 도달하기 위해 노력할 필요가 없고, 수행할 필요도 없다. 언제나 우리는 도착해 있기 때문이다.

촉목보리(觸目菩提), 눈에 보이는 것이 그대로 깨달음이다. 그런데 왜 그 당연한 진리가 나에게는 보이지 않는 것일까?

그것은 내가 지금 여기에 없기 때문이다. 지금 여기라는, 있는 그대로의 생생한 삶을 사는 대신, 내 생각 속에 구축해 놓은 망상이라는 꿈의 세계를 살고 있기 때문이다.

만법유식(萬法唯識), 세상만사를 알음알이라는 분별심, 식(識)으로 지어내고 있을 뿐이다. 그 생각 속에서 스스로 지어 내고 스스로 갇혀 있는 의식의 환각, 즉 무승자박(無繩自縛)이라는 스스로 만든 포승줄을 끊고 나오기만 하면, 생각 너머의 확연무성(廓然無聖)한 깨달음의 세계가 지금 이렇게 드러나 있음을 볼 것이다.

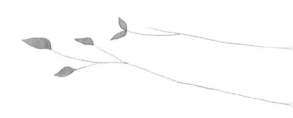

아무것도 하지 않을 자유

무언가를 하지 않더라도, 무언가가 되지 않더라도
지금 이대로 모든 것은 완전히 구족되어 있다.
끊임없이 무언가를 해야 한다는 강박에서 벗어나 보라.
아무것도 하지 않을 자유를 선물해 주라.

아주 어릴 적에는 종종 꽤 심심하다고 느꼈던 것 같다. 특히나 겨울 방학 때면 어디 나가 놀지도 못하고 종일 방안에만 틀어박혀 있기가 너무나도 심심하고 무료했다.

요즘 젊은 학생들이나 어린이들을 보면 심심할 일이 별로 없어 보인다. 공부에 너무 바빠서도 그렇고, 가야 할 학원도 많다. 무엇보다도 초등학교 저학년부터 다 손 안에는 스마트폰이 쥐어져 있는 듯 하다.

물론 어른이라고 해서 별반 다를 것은 없어 보인다. 가만히 생각해 보면 나 또한 옛날처럼 심심하다거나 무료하다는 생각이 들지 않은 지가 꽤 오래된 듯하다. 돌이켜보면 우리가 우리 자신을 너무 혹사시키고 있지는 않은지, 너무 쉬지 못하게 만들고 있는 것은 아닌지 돌아보게 된다.

우리는 무언가를 해야지, 가만히 있지를 못하는 듯싶다. 하다못해 쉴 때에도 무언가를 하면서 쉬어야 한다. 그야말로 아무것도 하지 않고 온전히 쉬기만 한 때가 과연 있기는 할까? 아무것도 하지 않을 자유, 그저 잠시 게을러질 수 있는 자유는 정말 필요치 않은 것일까?

몇 년 전 히말라야에서 한 달 이상을 홀로 걷기만 한 적이 있었다. 저절로 묵언을 하면서, 고산에 적응해야 하니까 많이 걷지도 못한 채, 그저 빈둥빈둥 놀며 걸으며 한 달 가량을 그저 시간을 죽이며 보냈다. 되돌아보니, 그때처럼 정말 아무것도 하지 않으면서, 하루에 서너 시간 걷는 것 외에는 할 일 없이 빈둥대던 때도 잘 없지 싶다. 그런데 바로 그때의 기억, 아무것도 하지 않고, 무언가에 쫓기지 않으며 그저 하루하루를 살기만 했던 그때가 종종 그리워지곤 한다. 그 설산 위에서의 심심했던 날들은 내 인생에서 가장 또렷하고 명징했던 순간들로 기억될 것이다.

그건 바로 할 일 없음이 주는 자유였다. 심심하고 무료하다는 것이 의외로 어릴 때처럼 힘들기만 한 것은 아니었다. 마음껏 심심해하고, 마음껏 아무것도 안 하고, 마음껏 시간을 죽치고 있다는 것은 아주 새로운 기쁨이었다.

가끔은 끊임없이 무언가를 해야 한다는 강박증에서 벗어나 보라. 그냥 아무것도 하지 않는 시간을 자신에게 선물해 줘 보라. 마음껏 심심해 보라.

무언가를 하지 않더라도, 무언가가 되지 않더라도, 사실은 아무것도 아닌 지금 이대로 모든 것은 완전하다. 모든 것은 다 이루어져 있다. 이루어야겠다거나, 해야겠다는 생각만 없으면, 우리는 그 무엇을 할 필요도 이룰 필요도 없다. 아무것도 하지 않고 다만 존재할 때, 그것은 곧 지금 이대로의 완전함을 받아들인다는 것을 의미한다. 지금 이대로를 수용하며, 하나됨을 뜻한다. 바로 그때, 내면에서 갈구, 되고자 함, 하고자 함이라는 모든 유위의 행이 멈추고, 무위의 공이 춤추게 된다. 근원의 힘이 비로소 깨어나게 될 것이다.

우주와 나의 파동을 일치시키라

광대무변한
우주적 존재

밥 한 끼, 칭찬 한 마디, 작은 미소 하나를 나누는 속에서도
광대무변한 진리가 나로써 피어난다.
따뜻한 미소를 보낼 때 우주 전체가 함께 미소 짓는다.
'나'라는 틀에서 놓여나면, 나의 움직임이 곧 우주의 몸짓이 된다.

내가 하는 모든 행위는 그것으로써 진리 그 자체의 현현이다. 길을 걸을 때 우주가 함께 걷고, 물 한 모금을 마실 때 우주 전체가 갈증을 해소한다. 칭찬 한 마디를 건넬 때 이 우주법계를 찬탄하는 것이며, 작은 미소를 보낼 때 세상도 나를 향해 미소 짓는다.

당신의 몸짓 하나조차 우주적인 사건이다. 당신의 말 한 마디에 우주는 즉각 반응한다. 당신의 생각 하나가 이 우주를 매 순간 창조한다.

나라는 존재는 이 몸과 마음이라는 제한된 시공에 갇힌 존재가 아니다. 내 스스로 '나'라는 틀을 만들어 놓고, 나와 너를 구분 짓기 시작하면서부터 분별이 시작되었을 뿐, 내가 분별망상을 일으키지 않는다면, 내가 곧 우주다.

나라는 개별 존재가 사실은 광대무변한 대우주 그 자체인 것이다.

그렇다! 사실 '나'는 개체적 존재가 아니라, 온 우주를 총섭하고 있는 '하나'의 존재다. 내가 숨을 쉴 때 우주의 들숨이 일어나고, 내가 기뻐할 때 대기대용(大機大用)의 우주가 함께 수희찬탄을 한다.

'나'라는 틀에 갇히지만 않는다면 나는 내가 아니라 우주이며, 나의 모든 행위는 광대무변한 진리의 피어남이 된다.

스스로를 '나' 속에 가두지 말라. 광대무변한 우주로 있으라.

당신이라는
빛나는 브랜드

명품 같은 소유물로 나를 채우려고 하면
오히려 점점 더 부족하고 결핍된 나를 끌어당기게 된다.
못난 사람일수록 그 텅 빈 가슴을 물질로 채우려 한다.
당신은 날 적부터 이미 존재 자체로 완벽한 명품임을 잊지 마라.

중요한 것은 직업, 학력, 큰 집, 외모, 명품 같은 것이 아니다. 외부를 물질로 채우려고 하는 그 마음 안에는 남들에게 잘 보이고 싶은 마음, 무시당하지 않으려는 마음 등이 존재한다.

남에게 잘 보이려는 마음은 '나는 못났다'라는 사실을 강화시킬 뿐이다. 그 이면에는 낮은 자존감이 있다. 남에게 잘 보이려고 하면 '남들이 나를 잘 보는' 상황이 만들어지는 것이 아니라, 아이러니하게도 계속해서 '남들에게 잘 보여야 하는' 상황이 만들어진다. 남에게 잘 보이려 하면 나는 지속적으로 못난 존재가 되어야 한다. 정확히 그것이 내가 만들어 내고 있는 당황스런 현실이다.

당신은 그 누구에게도 잘나 보일 필요가 없다. 사실 당신은 태어날 때부터 존재 자체로 이미 완벽한 명품이다. 당신은 인류의 수많은 구도자들이 합일하고자 꿈꿔 온 저 근원, 신, 불성이라는 본연의 성품으로 빚어낸 존재이기 때문이다.

구도의 길, 수행의 길이 바로 나를 빚어낸 원천을 찾는 과정이다. 그것이야말로 그 어떤 외부 브랜드와는 견줄 수 없는, 이미 갖추고 있는 고유한 나만의 명품 브랜드다. 그러니 명품이 되기 위해 외부로부터 무언가를 가져와야 할 아무런 이유가 없다. 그저 지금 이렇게 명품인 채로 존재하면 될 뿐이다. 본래 명품이었음을 확인하면 될 뿐이다.

현재에 대한
네 가지 질문

현재에 대한 네 가지 질문.
현재 깨어 있는가? 현재에 만족하는가?
현재를 받아들이는가? 현재를 사랑하는가?
지금 이대로의 현재야말로 참된 진여(眞如) 실상이다.

여기 현재라는 진실에 가닿을 수 있는 네 가지 질문이 있다.

첫 번째, "현재에 깨어 있는가?"

과거나 미래로 생각을 쏘아 보내지 않고, 오직 현재에 마음이 머물러 있는가? 끊임없이 올라오는 생각에 휘둘리지 않고 그 생각의 주인이 되라. 올라오는 망상을 온전히 알아차리라.

둘째, "현재에 만족하는가?"

여전히 만족하기보다는 더 많은 것을 욕망하고 추구하고 있지는 않은가? 지금 여기에 이미 주어져 있는 것 이외에 다른 것들을 바라지 마라. 지금 이대로도 충분하지 않은가.

셋째, "현재를 받아들이는가?"

지금 이 순간 나에게 주어진 삶을 바꾸려고 하지 않고, 있는 그대로 허용하고 받아들일 수 있는가? 좋다고 집착하거나 싫다고 밀쳐내지 말고, 주어진 현재의 모든 것을 분별없이 허용해 주라. 벌어지는 모든 일을 벌어지도록 허락해 주라.

넷째, "현재를 사랑하는가?"

있는 그대로의 나 자신과 주어진 삶을 사랑하는가? 특정 조건 때문에 사랑하는 것이 아니라, 지금 이대로를 그저 사랑하라. 내 주위의 모든 것을 아무런 조건 없이 받아들여 주는 것이야말로 참된 사랑이다. 참된 사랑에는 차별이 없다.

이 네 가지 질문에 망설임 없이 "YES."라고 대답하라. 지금 이대로의 현재야말로 참된 진실이기 때문이다.

당신이라는
무한한 지혜의 창고

자성삼보, 내 안에 불법승 삼보가 다 구족되어 있다.
진리는 바깥에서 찾는 것이 아니라, 내면에서 드러나는 것이다.
놀라운 법문을 들었다면, 그것은 내가 나 자신을 만난 것이다.
당신은 놀라운 지혜의 보고다. 내 안의 진리에 목말라하라.

자성삼보(自性三寶), 불법승(佛法僧) 삼보(三寶)가 내 안에 구족되어 있다. 내가 바로 부처이고, 진리이며, 청정한 수행자다. 그렇기에 진리를 바깥에서 찾으면 놓친다. 보석처럼 빛나는 모든 보배가 내 안에 이미 구족되어 있다.

보통 불서를 읽거나 법문을 들을 때 신기하게도 내 근기에 딱 맞는 가르침을 찾으면 행복해 한다. 부처님께서 내 근기를 알기라도 한 듯 정확하게 나를 이끌어 줄 만한 가르침을 곳곳에서 만나게도 된다. 사실 내가 그토록 찾아왔고, 만나 왔고, 배워 왔던 그 모든 가르침들이 사실은 내 바깥에서 온 것이 아니다. 그 모든 가르침의 출처는 바로 나 자신이다. 내 마음이 간절히 원했기에 책이나 설법이라는 인연을 빌려 내면에서 드러난 것일 뿐이다.

이처럼 우리가 외부에서 어렵게 찾았거나, 어떤 능력과 재능을 인정받거나, 몰랐던 것을 알게 되었을 때조차, 바깥에서 온 것이 아니다. 나 자신의 간절한 목마름이라는 원동력이 씨앗이 되어 내 안에 본래 구족되어 있던 것들을 드디어 만난 것일 뿐이다.

바깥에서 오는 것은 없다. 인무아(人無我), 법무아(法無我)라고 하듯이 나도 없고, 세상도 없으며, 나아가 내가 곧 세상이고, 내가 곧 우주이기 때문이다. 나와 우주는 서로 다른 둘이 아니다.

그렇기에 내 안에서 간절히 무언가를 바라면 그 마음이 우주에 있는 필요한 모든 것을 끌어온다. 유유상종이라고, 같은 것들은 서로를 끌어당기기 때문이다. 밖에 있다고 여겨지는 것들이 내 쪽으로 끌려오는 것이다.

이것이 어떻게 가능할까? 사실은 나도 없고 내 바깥도 없기 때문이다. 그렇게 나누어진 것은 없다. 전부는 둘이 아닌 하나다. 그러니 내가 남을 끌어온 것이 아니라, 내가 나를 끌어온 것일 뿐이다.

그러니 어려울 일이 있겠는가? 그것은 매우 당연한 일이지, 놀라운 일이 아니다. 내가 나를 만나는 것이야말로 가장 자연스러운 일이 아닌가.

당신이 그 무엇을 목말라하든, 어떤 가르침을 얻길 원하든 결국 그것을 얻게 될 것이다. 그것은 이미 내 안에 있기 때문이다. 나라는 우주, 우주라는 나에서 제외되거나 소외되는 것은 없기 때문이다.

만약 가르침과 나를 둘로 나누어 놓게 된다면, 진리는 언젠가 도달해야 할 목표가 되고 만다. 이것은 분별심일 뿐이다. 그러나 가르침, 법보(法寶)는 내 안에 이미 있다.

놀라운 법문을 들었다면 그건 내가 나 자신을 발견한 것이다. 견성성불(見性成佛) 또한 놀라울 일이 아닌 그저 당연한 일일 뿐이다. 내가 나를 확인한 것이기에.

당신은 놀라운 지혜의 보고다. 당신은 없는 것 없는 무한 자원의 무한 저장고다. 당신에게 주어져 있지 않은 것은 없다. 모든 것은 이미 성취되어 있고, 구족되어 있다.

그렇다! 당신은 바로 그런 존재다. 여전히 믿지 않겠지만….

모래성을 허물고
집으로 가는 길

아이들은 밤이 되면 애써 쌓은 모래성을 허물고 집으로 돌아간다.
삶도 마찬가지여서 온갖 것을 얻고자 애쓰지만, 결국 무너진다.
스스로 의미를 부여해서 스스로 실체화하고, 집착한 것일 뿐.
의미를 걷어 내면, 생겨난 모든 것이 사실 생겨난 바가 없다.

불교에서는 '연생(緣生)은 무생(無生)'이라고 하여, 인연 따라 생겨난 것은 사실 일어난 바가 없음을 설한다.

아이들은 바닷가 백사장에서 종일 모래성을 쌓으며 놀다가도 저녁이 되면 다 허물어뜨리고 집으로 돌아간다. 그러나 한창 애쓰며 만들 때는 누가 무너뜨리기라도 하면 화를 낸다. 한창 만들 때는 그 모래성에 의미를 부여하니까 진짜처럼 느껴지는 것이다.

우리의 삶도 이와 같다. 좋은 집, 좋은 차, 더 높은 자리, 더 많은 권력 등을 얻으려고 애쓰지만 그것은 언젠가 무너질 것들이다. 다만 무너질 것을 잠시 잊고 그것에 의미를 부여함으로써 집착해야 할 것인 줄 착각한다.

김춘수의 시 〈꽃〉에서처럼 내가 불러 주기 전에는 아무것도 아니지만, 내가 불러 주었을 때 내게 와서 '꽃'이 된 것일 뿐이다. 이처럼 삶의 모든 것은 인연 따라 생겨난 것에 내 스스로 의미 부여한 것일 뿐, 실체가 없다. 그러니 집착할 것은 없다. 결국 무너뜨리고 뒤에 남겨둔 채 훌훌 떠나야 한다는 사실을 잊지 마라.

이생에서 내가 만들어 놓은 모래성은 무엇인가? 명예며 권력, 지위와 소유물 등 우리는 이 한 생애 동안 지구라는 백사장에 끊임없이 모래성을 쌓아 왔다. 그러나 머지않아 생의 해가 저물면 결국 다 무너뜨리고 집으로 돌아가야 한다. 귀가(歸家), 귀향(歸鄉), 귀의(歸依)해야 하는 것이다. 본래 내가 처음 왔던 곳, 그 따뜻한 집으로 돌아가야 한다.

모래성은 있는 것같이 보이지만 사실은 한낮의 놀이터일 뿐, 결국 우리가 돌아가야 할 곳은 화려한 모래성이 아니라 자기의 근본 자리이다.

당신은 어떤가? 아직도 여전히 모래성을 쌓는 일에 여념이 없는가? 아니면 집으로 돌아가는 길 위에 있는가?

지옥이 아닌
편안을 향해가는 존재들

사람들은 늙고 병들고 죽는 것을 두려워한다.
그러나 우주의 동력은 무한한 사랑이며, 동체적인 자비다.
지옥은 없다. 삶은 지혜와 자비를 깨닫는 향상의 길일 뿐.
귀의(歸依), 삶의 방향은 늘 부처를 향하고 있다.

사람들은 삶을 두려워한다. 늙고 병들고 죽는 것이 두렵다. 그러나 이러한 두려움은 이 우주법계의 근원 동력이 무분별의 자비요, 우주가 하나라는 동체적인 사랑을 모르는 데서 오는 무지의 결과다.

우주법계는 언제나 우리를 지혜와 자비로써 돕고 있다. 분별없이 돕기에 돕는다는 말도 할 수 없다. 그렇기에 우리는 이 우주법계 진리의 도움을 받아 결국 깨달음에 이르는 향상의 길을 걷고 있다.

우리의 삶이 저 나락으로, 지옥으로 떨어지는 방향이 아니라, 부처가 되는 방향, 지혜와 자비와 하나 되는 방향으로 가고 있다는 의미다. 어떤 이는 지옥에 갈까 봐 두려워하지만, 그럴 가능성은 너무나도 희박하다.

불교에서 말하는 귀의는 곧 우리가 가지고 있는 본성, 즉 부처의 삶으로 돌아감을 뜻한다. 그러니 두려워할 것은 어디에도 없다. 우리는 왔던 곳으로 돌아가고 있다. 진리의 방향으로 가고 있다. 그것을 이 우주가 하나되어 돕는다. 아니, 내가 곧 우주고 진리다.

삶은 언제나 장엄하다. 푹 쉬고 안심하라.

'하나'의 세계,
그 안심의 세계

이 세상은 둘로 나뉘지 않는 참된 '하나'의 세계다.
하나만 있으면 누군가가 나를 공격할까 봐 두려워하지 않게 된다.
경쟁하지 않고, 집착하거나 거부하지 않고, 두려움 없는 안심의 세
계.
이 한마음의 세계에서는 완전히 안심해도 좋다.

🪷 　우리는 지금 내가 경험하고 있는 삶이 진짜라고 굳게 믿으면서 살아간다. 진짜라고 느끼기 때문에 삶은 심각해진다. 진짜니까 잘 살아야 한다는 부담감이 생긴다. 그래서 우리의 삶은 늘 무거움과 긴장의 연속이다.

　그러나 걱정하지 마라. 우리가 경험하는 현실은 '진짜'가 아니다. '내 식대로 현실을 해석하고 왜곡한 자기만의 가짜 현실'일 뿐이다. 우리는 있는 그대로의 세상을 있는 그대로 바라보지 못하고, '내 식대로', '분별심이라는 필터로 걸러서' 해석하는 놀라운 재주를 가지고 있다.

　세상은 있는 그대로 완전하며, 완전한 하나로써 눈부실 뿐이다. 하지만 분별심이라는 필터로 보면 세상은 온통 적과 아군의 싸움터 같고, 좋고 나쁘고 옳고 그른 것들의 투쟁의 장처럼 보인다. 둘로 쪼개진 세계는 언제나 불안하다. 하나만 있으면 누군가가 나를 공격할까 봐 두려워하지 않아도 되지만, 둘로 셋으로 쪼개지면 그 중에는 나를 사랑하는 사람도 있고 공격하는 사람도 있게 마련이기 때문이다.

　나와 남, 둘로 나눠지면 남보다 내가 더 많이 가지려고 싸워야 한다. 언제나 남을 경계해야 하며, 거부하느라 에너지가 소모된다. 또한 끊임없이 애써야 하고, 끊임없이 싸워 이겨야 한다. 이처럼 둘로 나뉜 분별심의 삶에서는 언제까지고 안심할 수 없게 된다.

　그렇다면 우리는 완전히 안심할 수 있을까? 그렇다. 가능하다.

그런 세상은 어떤 세상일까? 둘로 쪼개어지지 않은 세계다. 둘로 나눠지지 않았다는 것은 곧 '하나'라는 의미다. 너와 내가 하나이고, 성공과 실패가 따로 없으며, 옳고 그른 것도 없고, 이 우주의 모든 존재가 전부 통으로 하나인 세계다.

그렇게 된다면 불안할 것이 하나도 없게 된다. '하나'이기 때문에 누가 누구를 괴롭힐 것도 없다. 누가 누구를 이겨야 하는 것도 아니다. 나를 해칠 그 누구도 없는 것이다. 그랬을 때 비로소 진정으로 안심하게 된다.

그런 세상, 둘로 나누어지지 않은, '한바탕'이요, '한마음'이고, 모두가 '한 가족'인 세상이 바로 지금 우리 앞에 펼쳐져 있는 현실 세계의 실상이다. 그렇다. 지금 있는 그대로가 바로 그런 '하나'의 세계다.

세상을 분별하지 않고, 있는 그대로 바라보게 된다면 우리는 완전히 안심할 수 있게 된다. 안심입명(安心立命)은 최종 목적이 아니라, 늘 드러나 있다.

어떤가? 분별하지 않고 안심하며 살 것인가? 아니면 공연히 힘들여 분별해 놓은 그 환상에 빠져 제 혼자 허우적거리고 살 것인가? 그것은 단순한 자신의 선택일 뿐이다.

무엇이기보다
무한한 나로 확장된다

자신이 오래전 죽은 천재라고 상상만 해도
그 천재적 능력이 생겨난다.
시험 보기 전에 '나는 대학교수다'라고 상상만 해도 성적이 향상된다.
자신을 어떤 존재라고 규정하며 틀에 가두고 있진 않은가?
틀에 가두지 않고 나를 확장하면 그 무엇이든 될 수 있다.

✶✶ 세계적인 정신의학자 스탠리 블록(Stanley Block) 박사는 나를 넓히면 넓힐수록 고통이 저절로 줄어드는 현상을 발견했다. 쉽게 말하면 이렇다.

두통으로 고통받는 사람에게 두통을 가만히 관찰하라고 한 다음 자신의 머리 지름이 1미터로 확장됐다고 상상해 보도록 했더니 두통이 약간 감소했다고 한다. 다시 머리가 건물만큼, 그 다음에는 이 도시만큼, 지구만큼, 우주만큼 커졌다고 계속 상상을 확장시키도록 해 보았더니 신기하게도 두통이 점점 더 사라지더라는 것이다.

또 러시아 심리학자 블라디미르 라이코프(Vladimir L. Raikov) 박사는, 어떤 평범한 사람에게 최면을 걸어서 자신이 유명했던 미술가, 렘브란트라고 생각하도록 했다. 그랬더니 그 평범하던 사람이 정말 렘브란트 뺨치게 그림을 잘 그렸다고 한다.

우리는 몸과 마음이 제한되어 있고, 한정되어 있다고 생각한다. 그래서 '내 능력은 이 정도야'라고 스스로 한계를 정한다. 하지만 스스로를 제한하는 의식을 없애고 상상으로라도 의식을 넓히게 되었을 때 실제 우리에게는 무한한 가능성과 힘과 지혜가 열리게 된다. 나라는 존재를 비좁은 '나'에 갇혀 있는 존재라고 여기는 것이 아니라, 나를 무한히 확장하기만 해도 그 전에는 나에게 전혀 없었던 가능성이 무한히 열릴 수 있다는 것이다.

이것을 '라이코프 효과'라고 부른다. 쉽게 말해 이미 자신이 오래전에 죽은 천재라고 상상을 하면, 단지 상상만 했을 뿐인데도 그 천재가 가지고 있던 능력이 나에게도 나온다는 것을 발견한 것이다. 또한 시험을 앞둔 대학생들에게 '나는 대학교수다'라고 시험 보기 전 잠시 상상하도록 시키기만 해도 성적이 오른다는 사실을 발견하기도 했다.

이 말은 우리가 자신을 작은 능력을 가진 존재라고 제한할 때는 그것밖에 못하는 존재가 되지만, 나라는 틀을 깨고 더 확장된 존재로 상상하기만 해도 무한한 가능성을 발휘할 수 있는 놀라운 힘을 지닌 존재라는 것을 의미한다.

불교에서는 무아(無我), '내가 없다'고 설한다. '나'를 인연 따라 연기적으로 만들어진 인연가합의 존재로 본다. 불수자성수연성(不守自性隨緣成)이라는 말과도 비슷하다. 나라는 고정된 실체, 자성이 본래 없기 때문에 인연 따라, 즉 내가 마음을 어떻게 내느냐에 따라 그 어떤 가능성도 현실로 만들어 낼 수 있는 존재라는 것이다. 그것이 바로 무아의 참된 의미다.

무아이기 때문에 괴롭고 허무한 것이 아니라, 무아이기 때문에 우리는 마음 내는 대로 그 무엇이든 인연 따라 만들어 낼 수 있고, 될 수가 있는 무한 가능성의 존재인 것이다.

나 자신을 어떤 존재라고 규정하며, 틀에 가두고 살지는 않았는가? 바로 그 틀에 갇힌 생각을 내려놓을 때, 나는 더욱 무한한 가능성을 가진 존재로 피어난다.

이 자리가 바로 그 자리

살 수 있는 이것

발심

목마른 사람이 물을 찾듯,
간절히 깨닫길 원하는 자에게 깨달음은 온다.
달리 방법이나 조건, 능력은 필요치 않다.
깨달음은 이미 드러나 있다. '이것'이 바로 '그것'이다.
'이것'을 확인하는 길은 오직 간절한 발심뿐.

❋   이 불법이란 마음공부는 세간의 일과 다르게 접근해야 한다. 세간에서는 공부를 잘하거나, 운동을 잘하거나, 재능이나 소질이 있거나, 학벌이 좋거나, 건강하거나 특별히 남들보다 더 능력 있는 사람이 뭐든지 더 잘 이루어 내고, 성공하게 마련이다. 그러나 이 불법 공부는 머리가 똑똑한 것과도 아무 상관이 없고, 특별한 자질이나 재능을 필요로 하지 않는다.

세간에서 남보다 나은 사람이 되려면 꼭 필요했던 그 모든 것들이 이 공부에는 전혀 필요치 않다. 그렇기에 세간에서는 공부를 잘해야 원하는 대학에 갈 수 있고, 일을 잘해야 진급도 하지만, 이 공부에서는 그 어떤 특별한 능력이나 조건을 갖추지 않았더라도 누구나 부처가 될 수 있다.

그렇다. 누구나! 바로 당신 말이다! 여기엔 예외가 있을 수 없다. 우리는 지금까지 깨달음을 근기가 수승한 수행자들의 전유물처럼 여겨 왔지만, 그것이야말로 이 공부에 대한 가장 큰 착각 중 하나다.

결가부좌를 오래해야 하거나, 장좌불와(長坐不臥)의 수행이 필수인 것도 아니다. 엄청난 집중력을 요하는 것도 아니며, 3,000배, 1만 배 절 수행을 능숙하게 잘할 것을 요구하지도 않는다. 전생부터 닦은 것이 있는 사람이 더 유리한 것도 아니다. 치열한 수행력이나 극기, 높은 근기 같은 재능이나 능력이 필요한 것도 아니고, 업장소멸 따위가 선행되어야 하는 것도 아니다. 이 공부에는 그 어떤 자격도 필요치 않다.

　왜 그럴까? 우리가 진리에서 분리되어 있는 것이 아니기 때문이다. 깨달음이라는 세계가 저 높은 곳에 따로 있어서 열심히 그곳을 향해 달려가고 수행하며 노력해야지만 다다를 수 있는 것이 아니기 때문이다. '내가' '깨달음'을 찾고 있다고 하지만 사실 내가 바로 깨달음이다. 내가 나를 찾고 있는 것일 뿐이다. 불이법이기에 부처와 중생은 둘이 아니다. 색즉시공이란 말에서 알 수 있듯이 여기가 바로 거기다. 이것이 바로 그것이다. 그러니 어디를 갈 것인가? 갈 필요가 없다면 가기 위한 노력이나 방법도 필요치 않다.

　그렇다! 이 공부는 특별한 방법이나 특별한 노력이 선행되어야만 하는 것도 아니고, 특별한 사람만 할 수 있는 것도 아니다. 더 많은 공덕을 갖춘 뒤에, 준비가 된 뒤에 이 공부를 시작할 수 있는 게 아니다. 바로 지금, 이 글과 마주한 바로 당신이야말로 지금 주어진 이생에서 이 공부를 시작하고 끝마칠 바로 그 사람, 참사람이다.

　지금 눈앞에 있는 바로 이 글자를 두 눈으로 볼 수 있고, 듣고 느껴 알 수 있는 정도의 당연한, 이미 우리에게 주어진 삶을 살아가고 있는 자라면, 그 삶이 좋든 나쁘든 상관없이, 조건은 완벽하다.

　이 공부는 반드시 깨닫겠다는 보리심, 알고 싶지만 알지 못함에서 오는 답답함, 반드시 이 본성을 확인하고야 말겠다는 목마름, 이런 간절한 '마음'으로 하는 마음공부이기 때문이다.

우린 누구나 갈증이 심해지면 간절히 물을 찾는다. 물을 찾고자 하는 마음이 보리심이요 발심이다. 물은 누가 찾을까? 목마른 사람이 찾는다. 물을 찾는 데는 특별한 노력이나 자질이 필요하지 않다. 오직 목마름만이 필요하다. 말 그대로 일체유심조, '간절히 원하면 이루어지는' 것이다.

이 공부도 이와 같아서 깨달음에 대한 간절한 발심, 보리심만 있다면 깨달을 수 있는 조건은 모두 충족된 것이다. 이 공부는 길 없는 길이다. 정해진 깨달음의 방법이나 수행은 없다. 물론 역사 속에서 다양한 수행과 방편이 무수히 설해지긴 했다. 하지만 그 모든 방편은 목마른 사람을 물가까지 오게 하는 것일 뿐이다. 결정적으로 물을 들이키는 일이 가능한 것은 오로지 자신의 발보리심 덕분이다.

마음만 간절하면 세부적인 이끎은 이 우주법계가 알아서 한다. 그래서 내가 깨달음으로 가는 게 아니라, 준비된 자에게 진리가 찾아온다고 하는 것이다. 이것이 시절인연이다.

발보리심, 깨닫겠다고 하는 간절한 목마름, 그것이 시절인연을 불러온다. 그러니 깨닫기를 기다릴 것도 없다. 다만 갈증과 답답함과 꽉 막힌 의심 속으로 뛰어들어 그 막막한 벽에 갇힌 채로 버틸 뿐이다.

당신은 준비된 자인가? 목이 마른가? 깨닫기를 간절히 원하고 있는가?

선은 마음공부지
수행이 아니다

수행이란 고군분투와 억지 노력이 아니다.
고난을 극복한 영적 영웅이나 신비 체험이 중요한 것이 아니다.
이미 도착한 자에게 도착을 위한 노력은 필요치 않다.
중도적인 무위의 수행 아닌 수행으로 다만 확인하면 될 뿐.

나는 중학교 다닐 때부터 나름 아주 열심히 불교를 믿어 왔다. 고등학생, 대학생이 되면서는 더 좋은 불자가 되기 위해서, 더 훌륭한 수행자의 대열에 끼기 위해서 무진 노력을 다했다.

언젠가 대학교 때 써 놓은 낡은 일기장을 열어 보고는 피식 웃었던 적이 있다. 패기와 열정으로 수행정진하며 곧 깨달을 기세로 분투하듯이 했던 하루하루의 수행일기가 쓰여 있었던 것이다. 하루에 얼마만큼 수행을 해야 한다고 월간 계획까지 잡아 놓고는 그것을 다 못한 날의 좌절감과 패배감이 생생하게 기록되어 있었다.

가만 생각해 보면 나에게 있어 깨달음이란 아무리 투쟁하고 노력해도 도달할 수 없을 것 같은 먼 산이었다. 나처럼 하열한 근기의 수행자는 도저히 불법에는 안 맞는 듯 느껴졌다.

언젠가는 결가부좌로 오래 앉아 있는 것이 너무 힘이 들었다. 하지만 이것을 이겨 내지 못하면 수행자로서의 기본 자질이 없는 사람인 것처럼 느껴졌다. 그래서 몇 번이고 오래 앉아 있기 위한 도전을 용맹스레 감내해 냈고, 몇 번은 몇 시간을 버티고 버텨냈다. 심지어 몸살이 올 정도까지 후들후들 떨리는 싸움을 해 내기도 했다.

또 한번은 방학 때 수행센터를 갔었다. 다른 사람들은 수행 중에 온갖 경계를 체험했다. 신비 체험이며, 수행 중 일어난 놀라운 경계를 이야기하면서 스님들께 수행 점검을 받곤 했다. 정말 신기했다. 그런데 도대체 왜 나에게는 저런 신비한 체험이 일어나지 않는 것인지 도무지 이해가 되지 않았다. 그런 체험을 한 번 해 보겠노라고 무진 애를 써 보았지만, '나는 도저히 안 되는 사람인가 보다'라는 실망감만 느낄 뿐이었다. 지금 생각해 보면 그때는 그런 신비 체험 같은 것들을 수행이 얼마나 잘되고 있는가를 가늠하는 잣대쯤으로 여겼던 것 같다.

정말 그럴까? 수행자는 노력하고 분투하며 용맹한 기세로 나태함과 싸워 이기는 전쟁터의 투사 같아야만 하는 것일까? 그래서 오래 앉아 있는 데 성공하고, 신비 체험하는 데 성공하면 나의 수행력은 나날이 높아져 가는 것일까?

부처님의 경우는 어떠셨을까? 어느 날 부처님의 생애에 대해 강의하다가 부처님께서도 6년 동안 고행을 하다가 결국 고행은 참된 수행이 아님을 깨닫고 중단하셨다는 내용이 직접적으로 와 닿은 적이 있다. 과연 그랬다. 고행주의는 이미 2,500년 전에 부처님께서 중도가 아님을 깨닫고 폐기처분한 것이었다.

중국 선불교의 황금기에도 마찬가지였다. 오래 앉아 있는 것을 수행으로 여기고, 마음을 닦고 닦는 것을 미덕으로 여겼던 북종선이 아닌 혜능의 남종선이 한국불교의 원류가 아닌가. 육조는 "만약 수행으로 부처가 되려고 한다면 어느 곳에서 부처를 찾을 수 있겠는가.", "늘 앉아서 몸을 구속한다면 도에 무슨 이익이 있겠는가."라고 했다. 좌선 수행 중이던 마조에게 "돌을 갈아 거울을 만들 수 없다면 좌선하여 어떻게 부처가 되겠는가."라고 했던 회양의 일갈에서도 알 수 있다. 또한 마조 스님은 "도는 닦을 필요가 없으니, 다만 더럽히지만 말라."고 했고, "수행도 좌선도 하지 않는 것이 바로 여래의 청정한 선"이라고 했다.

이처럼 용맹정진하고 고군분투하는 수행자의 자세는 그동안 미덕처럼 여겨졌지만 사실 수행은 싸워 이기거나 분투노력의 결과로 이루어지는 것이 아니다. 분투가 우리를 진리와 가깝게 하지는 못한다. 고난을 극복한 수행자의 영웅담을 숭배할 필요는 없다.

그렇다고 아무것도 하지 않아도 진리가 확인되는 것은 아니다. 말 그대로 중도적인, 수행 아닌 수행이 필요한 것이다. 수행 영웅담을 들으며 좌절감을 느끼지는 마라. 신비 체험 같은 하나의 경계를 수행의 진척으로 여기지도 마라.

수행은 특정 목표를 향해 질주하는 운동 경기 같은 것이 아니다. 결승점이 있는 운동과는 달리 수행이란 이미 도착해 있는 이들이 도착해 있음을 마음으로 깨닫고 확인하는 것이기 때문이다. 이미 도착한 사람에게 도착을 위한 고군분투나 도착을 위한 과정에서의 다양한 신비 체험 같은 것은 필요 없는 것이다.

선문답을
이해하려는
범주 오류

'진리가 무엇입니까?'
'뜰 앞의 잣나무', '마른 똥막대기'.
이런 선문답을 이해하려 한다면 '범주의 오류'에 빠진 것이다.
진리라는 출세간법은 세간법인 생각의 이해 대상이 아니다.
그저 모를 뿐! 이 콱 막힌 '모름' 속에 답이 있다.

논리학에 범주의 오류라는 용어가 있다. 어떤 범주에 속한 것을 전혀 다른 범주에 속해 있는 정의나 설명으로 바꿔서 설명할 때 오류가 생길 수밖에 없다는 것이다.

마음공부에서도 범주의 오류를 흔히 보게 된다. 이 공부는 세간이 아닌 출세간의 공부다. 세간과 출세간은 전혀 범주가 다르다.

출세간의 열반과 깨달음의 세계는 생각으로 이해할 수 있는 영역이 아니다. 생각과 이해는 세간에서나 쓸모 있는 것일 뿐 출세간의 영역에서는 아무 힘도 못 쓴다.

이에 대해 용수는 『중론』에서 세속제와 승의제라는 두 가지 방식으로 설명한다. 즉 진리라는 승의제는 세속적인 방법으로 접근할 수 없는 범주지만, 그렇다고 말로 설명하지 않으면 진리를 알 수 없다. 그렇기 때문에 어쩔 수 없이 언어라는 세속적인 방편을 빌어 설명하지 않을 수 없었던 것이다.

이는 마치 꿈과도 같다. 세간은 꿈이고 출세간은 꿈에서 깨는 것이다. 꿈의 세상과 꿈 깬 세상은 전혀 다른 세계요 전혀 다른 범주다. 그럼에도 우리는 꿈속에서 더 좋은 꿈을 꾸려고 하고, 더 좋은 삶을 만드는 데만 관심이 있다.

예를 들어 본다면, 어떤 이는 사회운동, 시민운동을 하면서 세상을 바꾸려고 하지만 불법에서는 세상을 바꾸려고 하기보다 네가 먼저 깨달으라고 말한다. 세상을 바꾸는 것이 나쁘다는 말은 아니다. 하지만 세상을 바꾸려는 것은 꿈속에서 더 좋은 꿈을 꾸려는 것일 뿐이다. 그래서 불법에서는 더 좋은 꿈을 꾸는 것이 중요한 게 아니라, 그 꿈에서 깨는 것이 더 중요하다고 말한다. 즉 전혀 다른 범주를 논하고 있는 것이다.

꿈속에서 고통받는 많은 이들을 전부 쫓아 다니며 구제하기는 어렵다. 그러나 방법은 있다. 그 꿈에서 깨어나면 된다. 내가 꿈에서 깨는 동시에 꿈속의 모든 이가 한꺼번에 구제되는 것이다. 내가 깨달으면 온 우주가 함께 깨닫는 것이다.

선에서는 '진리가 무엇입니까?' 하는 질문에 '뜰 앞의 잣나무'라거나, '차나 한 잔 하라'고도 하고, 소리를 지르거나, 손가락 하나를 들어 보이기도 한다. 아무리 생각해 봐도 답변에 공통점도 없고, 이해도 안 된다.

왜 그럴까? 진리는 결코 머리로 이해할 수 있는 것이 아니기 때문이다. 이해의 대상과는 아예 범주가 다르기 때문이다. 진리, 법성, 본래면목이라는 출세간법은 세간법인 생각과 이해로는 가닿을 수 없다. 다른 범주임에도 생각이라는 세간의 범주로 출세간의 진실을 헤아리려고 하니 '범주의 오류'에 빠질 수밖에 없다.

그럼 어찌해야 할까? 단순하다. 그저 모르면 된다. 콱 막혀 도저히 알 수 없고, 몰라서 답답하고 갑갑하면 된다. 바로 그 '모를 뿐', 아무것도 할 수 없고, 방법도 없고, 이해되지도 않는 그 콱 막힌 은산철벽 같은 감옥 속에서 마주하고 있는 것이 바로 화두요, 의단이다. 이 '모름' 속에 답이 있다.

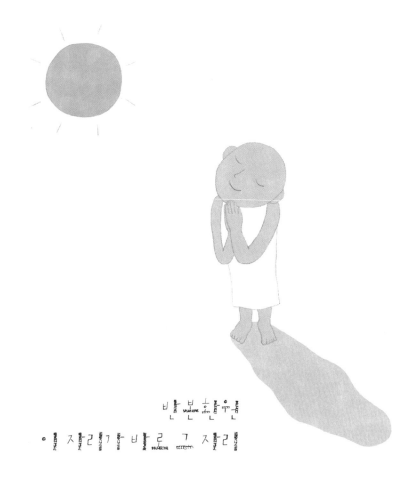

빈 본홍 응 움
이 자리가 바로 그 자리

이 공부는 지금과는 다른 완성된 곳으로 옮겨가는 공부가 아니다.
스스로 대상을 분별하여 취하거나 버리려 하기에 괴로운 것일 뿐.
우리가 이생에서 반드시 해야 할 무언가는 없다.

『증도가』에 보면 '절학무위한도인 부제망상불구진(絶學無爲閒道人 不除妄想不求眞)'이라고 해서, 배움이 끊어진 한가한 도인은 망상도 없애지 않고 참됨도 구하지 않는다는 말이 있다. 즉 불이법에 확고하다는 뜻이다. 분별의 환상에서만 빠져나오면, 지금 이 자리가 바로 그 자리다.

이 공부는 특별히 어떤 공부나 수행을 통해 지금 이 자리가 아닌 다른 특별하거나, 더 높은 자리로 옮겨가는 공부가 아니다. 지금 이 자리가 이미 완성된 자리라는 사실을 확인하는 공부다. 다만 내 스스로 생각과 망상을 일으켜, 있는 그대로의 분별할 수 없는 대상 세계를 내 잣대를 가지고 해석하면서부터 문제가 시작된 것일 뿐이다. 그래서 좋아하는 것은 집착하여 취하려고 애쓰고, 싫어하는 것은 거부하며 버리려고 애쓰기 때문에 괴로움이라는 환상이 시작된다.

사실 불이법에서 본다면, 우리가 이생에서 더 이상 해야 할 일은 없다. 안 하면 절대 안 되는 특별한 무언가도 없다. 우리는 지금 이 모습 그대로 이미 여여하게 원융(圓融)한 무사인(無事人)이다.

다만 우리 스스로 만들어 놓은 분별심과 망상으로 인해 스스로 괴롭다는 환상에 빠져 있다 보니 스스로 만든 그 환상에서 빠져나오기만 하면 될 뿐이다. 그 환상에서 빠져나온 사람이라면 더 이상 해야 할 일은 아무것도 없다.

그는 무언가를 취하려 하지도 않고, 버리려 하지도 않는다. 취하려 하지만 취해지지 않을 때 마음이 괴롭고, 버리려 하지만 버려지지 않을 때 괴로운 것인데, 취하거나 버릴 아무런 의도가 없으니 괴로울 것도 없는 것이다.

물론 그렇다고 아무것도 취하지 않고 버리지 않는 것은 아니다. 돈도 벌고, 배고프면 밥도 먹고, 목마르면 물도 마시고, 필요 없는 것은 가져다 버리기도 한다. 그러나 마음에 흔적이 남지 않도록 하는 것이 이 마음공부다.

이 마음공부는 세상사를 초월해서 따로 존재하는 특별한 정토 세계를 찾거나, 지금 이대로가 아닌 다른 특별한 존재가 되는 공부가 아니다. 공부를 완성하더라도 새로운 곳에 도달하는 것은 아니다. 다시금 지금 이 자리에서, 지금 이대로의 세상에서 이전과 똑같이 살아가는 지극히 평범한 삶으로 돌아오는 공부다.

〈심우도(尋牛圖)〉의 반본환원(返本還源), 입전수수(入廛垂手)가 그것이다. 근원으로 되돌아가면 다시 그 자리, 저잣거리에서 평범하게 살아가는 바로 이대로가 온전한 그대로였음을 깨닫는 것이다.

다만 해도 한 바가 없이, 끄달리거나, 흔적을 남기지 않을 뿐이다. 취해도 취한 바가 없이 취하고, 버려도 버린 바가 없이 버리기 때문에 취하거나 버리지 않는 불이법의 중도적인 삶을 살게 되는 것이다.

특별한 존재, 특별한 정토를 꿈꾸지 마라. 발 딛고 서 있는 이 자리가 바로 그 자리다.

'이것'은 무엇일까?

누구에게나 삶에서 해결해야 할 몫이 있다.
존재에게 주어진 본연의 물음이자 과제를 풀어야 한다.
그것은 바로 '나는 누구인가?'에 답하는 것.
지금 이렇게 보고 듣고 말하고 생각하는 자는 누구인가?

흥미로운 게임을 하나 해 보자. 옛날 어렸을 적에 했던 스무 고개 놀이와 비슷하다. '이것은 무엇일까?' 이것이 질문이다. 그러면 사람들은 물을 것이다. '그것은 동물입니까?', '그것은 키가 큽니까?' 이해되었다면 본격적인, 그리고 본질적인 문제를 여기 내겠다.

"이것은 무엇일까?"

많은 이들은 '이것'에 수많은 이름을 붙인다. 그 이름들을 예로 들어보면, 불성, 자성, 참나, 본래면목, 주인공, 깨달음, 일심, 한마음, 신성, 본래무일물, 자성청정심, 마음, 법, 도, 부처 등이 있다.

그러나 '이것'은 이렇게 방편으로 이름을 붙일 수 있을 뿐, 그 이름이나 개념 속에는 '이것'이 없다. 즉, '이것'을 찾으려면 그것의 이름을 해석해서는 전혀 알 수 없다.

이쯤이면 무엇을 말하려 하는지 대충 이해했는가. 그렇다면 틀렸다. '이것'은 전혀 이해될 수 없다. 헤아려 알 수도 없다. 이해되는 대상이 아니기 때문이다.

모든 수행자나 깨달음을 추구하는 이들이 한결같이 '이것' 하나를 찾고 있다. 그러나 이것은 찾아지는 대상도 아니다. 그렇기에 이것을 찾으려는 그 어떤 노력도 헛수고에 불과하다.

사실 '이것'은 그렇게 엄청난 수행을 통해서, 혹은 피나는 고행을 통해서나 찾을 수 있고 얻을 수 있는 대단한 무엇인 것은 아니다. 왜 그럴까? 찾고 있는 내가 바로 '이것'이기 때문이다.

그러니 '이것'은 결코 성취될 수 있는 것도 아니고, 찾아지는
것도 아니다. 우리는 단 한 번도 '이것'이 아닌 적이 없었기 때문
이다. 결코 우리는 '이것'을 찾을 수 없지만, 이것에서 벗어날 수도
없다. 잃어버릴 수도 없으며, 단 한 번도 이것 아니었던 적도 없다.
　　'이것'이 바로 '이것'이다.
　　이것이 바로 모든 수행의 끝이다. 지금 여기 이렇게, 언제나 있
는 '이것'이 바로 '그것'이다. 눈에 보이는 모든 것이 '이것'이며,
귀에 들리는 모든 것이 '이것'이고, 코로 냄새 맡아지는 것이며, 혀
로 맛보아지는 것, 생각하는 그 모든 것이 하나같이 '이것' 아닌 것
이 없다.
　　창밖에서 들려오는 새소리며 바람 소리, 컴퓨터 자판 두드리는
소리, 창밖에서 울어대는 길고양이의 울음소리와 같은 온갖 소리
와 숨 쉬는 것, 어깨가 결리는 것, 다리에 쥐가 나는 것, 따뜻한 햇
살 등 우리가 느끼는 이 모든 것이 바로 '이것'이다.
　　지금 여기에 이렇게 있는 '이것'이 바로 '그것'이다. 지금 이대
로의 이것으로 모든 것은 완성되어 있고, 이미 이대로 충분하다.
이 세상에는 오직 '이것'만이 있다. 이것 아닌 것은 눈 씻고 찾아
봐도 찾을 수 없다. 이 하나의 진실만이 언제나 뚜렷하게 드러나고
있다.
　　이것을 '이 하나의 마음'이라고 하여 일심(一心), 혹은 한마음
이라고 표현하기도 하고, '바로 이 마음'이라고 하여 직심(直心)

이라고도 한다. 또한 '바로 눈앞의 지금 이 자리'라고 하여 당처(當
處)라고도 부른다.

'이것'은 숨겨져 있지 않다. 눈앞에 명백하게 온전히 드러나
있다. 보면 보이는 데서, 들으면 들리는 데서 분명하게 드러나
있다.

이것은 무엇일까? 이것이 무엇인지 우리는 알 수 없다. 알음알
이로, 지식으로, 인식으로는 알 수 없다. 다만 이것은 확인될 뿐
이다. 물론 이것을 확인하는 방법은 없다. 확인하려고 하는 내가
바로 이것이기 때문이다. 눈이 다른 모든 것을 보면서도 저 자신은
볼 수 없는 것과 같다.

이쯤 되면 도대체 '이것'이 무엇인지 도무지 알 수 없을 것이다.
알겠다고 하면 벌써 어긋난다고 하니 어떻게도 할 수 없을 것이다.
생각을 굴리지도 못하고, 찾아내려고 하지도 못할 것이다. 그저 꽉
막혀서 이러지도 저러지도 못할 것이다. '도대체 나보고 어쩌란 말
이야?', '도대체 그게 뭐란 말이야?' 하며 갑갑할 것이다. 답은 내
야겠고, 답은 모르겠고, 도무지 오리무중일 것이다.

그것이 바로 화두고 선이다. 그것이 바로 간절한 발심(發心)이며,
수행자의 자세다. 이렇듯 확인하고야 말겠다는 발심이 꽉 차 아무
것도 할 수 없을 때, 그 답답함과 모름이 밤낮 없이 지속되면서 그
'모를 뿐'의 벽에 부딪힐 때, 버티다 보면 문득 확인하는 길이 열
린다.

'이것'을 확인하겠다는, 깨달음을 이루겠다는 간절함이 여러분에게는 있는가? 그렇다면 언젠가는 확인하게 될 것이다.

　'이것'은 무엇인가? 나는 누구인가?

마음거울에 비친
그림자들

거울이 세상 모든 것을 차별 없이 비추어 내지만,
거울 자체의 바탕에는 아무 일도 일어나지 않는 것처럼,
우리 마음도 거울과 같아, 거울 속에 온갖 대상들이 오고 갈지라도
마음은 텅 비어 흔적이 없다. 거울 속 그림자가 아닌 거울을 보라.

견성(見性)은 '성품을 보는 것'이다. 선에서는 이 성품을 거울에 비유한다.

거울은 모든 것을 차별 없이 비춘다. 사람들은 그 거울에 비친 대상을 보고 좋다거나 나쁘다고 분별한다. 그리고 그것이 진짜인 줄 알고, 애착하거나 거부하면서 스스로 없는 괴로움을 만들어 내고 있다. 거울에 비친 모습이 진짜 자기이고, 진짜 세상인 것으로 착각하는 것이다.

본성을 보는 것은 거울에 비친 허망한 그림자만을 보는 것이 아니다. 거울이라는, 그 모든 것을 비춰 내는 본바탕 자체를 보는 것이다.

좋고 나쁜 대상들이 거울 속에서 오고 가더라도 거울 자체에는 아무런 일도 없다. 우리 본래 마음도 이처럼 아무 일도 일어나지 않는 텅 빈 바탕일 뿐이다.

세상의 모든 좋고 나쁜 일들은 다만 거울에 비친 그림자에 지나지 않는다. 지금까지 우리는 그 그림자에 속아, 그것을 진짜로 여겨 집착하고 사로잡히며 살아왔다.

그러나 당신은 그 그림자가 아니라 그 모든 것을 비춰내는 바탕의 거울임을 잊지 마라. 그림자가 아닌 거울 자체를 보라.

무아 VS 참나
무엇이 옳은가?

부처님은 무아를 설하셨고, 대승과 선에서는 참나를 설한다.
그러나 유아도, 무아도 분별을 바로잡는 방편의 약일 뿐,
'이것이 진리다' 라고 할 만한 정해진 법은 없다.
참나는 있다고 하거나 없다고 할 수 없으니 중도로써 설할 뿐이다.

초기경전에서는 무아를 설하며, 대승경전이나 선에서는 참나니 본래면목이니, 주인공, 일심, 법성(法性), 마음, 법 등을 설한다. '나'라는 고정된 실체가 없다고 무아를 말하면서, 동시에 참나, 본래면목, 불성이라는 유아(有我)적인 말을 하니 이즈음에 이르면 많은 분들이 깊은 수렁에 빠질 것이다. 실제 불교의 역사 속에서 무아냐, 유아냐 하는 문제는 끊임없이 제기되어 온 주제 중 하나다.

보통 우리가 참나를 말할 때, 그 참나는 참나가 아니라 참나라는 말일 뿐이고, 생각일 뿐이고, 참나라는 개념의 인식일 뿐임을 알아야 한다. 많은 선지식께서 참나를 찾으라고, 본래면목을 보아야 한다고 방편설법을 하시지만, 많은 제자들은 '도대체 참나가 무엇일까?' 하고 참나에 대하여 생각하고, 분별하고, 인식하려고 애를 쓴다. 그러나 참나는 생각될 수 없고, 말로 표현될 수 없으며, 우리의 인식과 분별 그 너머에, 있고 없음을 넘어 있을 뿐이다.

'생각 그 너머에 있는 말로 표현할 수 없는 참나'를 말로 표현했을 때조차 그것은 말로 표현되었을 뿐이지 여전히 참나라고 할 수 없다. 단지 '우리의 생각과 인식, 말을 초월해 있을 뿐'이라는 생각이 일어난 것뿐이다.

그렇다고 하더라도 우리들 중생의 마음에서는 무언가 표현하길 바라고, 논의되길 바라고, 설하여지길 바란다. 그러나 경전에서는 그 자리는 표현할 수도 없고, 논의의 대상도 아니며, 생각할 수도 없는 것이기 때문에 그 자리에 대한 그 어떤 상(相)도 내세우지 말

것을 당부한다.

세속제(世俗諦)와 제일의제(第一義諦)라는 말이 대승불교 경전이 나온 이후 논사들에게 설파되고 있는 이유도 바로 여기에 있다. 상으로 내세울 수 없는 것을 어쩔 수 없이 언어라는 상으로 설할 수밖에 없는 딜레마에서 세속제와 제일의제로 구분하는 방편을 썼던 것이다.

그동안 방편으로 부처가 되어야 한다고, 자성불을 찾아야 하고, 본래 면목을 보아야 한다고 했던 그 말 또한 단지 방편의 말이었을 뿐임을 잘 살필 수 있어야 한다. 『금강경』의 표현대로 한다면 '참나는 참나가 아니라 이름이 참나일 뿐'인 것이다.

여전히 '그래도 방편일 뿐이지만 참나, 자성불이 있긴 있는 게 맞지요?' 하고 질문하실 분이 계실 것이다. 하지만 그런 질문이 바로 우리의 이해하려는 습성, 있는지 없는지 둘로 나눠 놓고 그중 하나를 선택해야만 직성이 풀리는 식(識)의 허망한 습성을 반영하는 질문이다.

『반야심경』에서도 오온, 십팔계가 다 허망하다고 했듯이, 알음알이라는 분별심인 '식'은 허망하다. 알음알이를 통해서는 결코 선에 이를 수 없다. 그래서 선에서는 언제나 선문답이나 화두를 통해 식이라는 분별심이 꼼짝 못하도록, 생각이나 이해가 꽉 막히도록 이끌지, 머리로 이해시키려 하지 않는다.

초기불교를 공부하는 일견에서는 대승이나 선불교의 법, 마음,

본래면목 등을 보고 부처님의 가르침인 무아에서 어긋난 것이라고까지 폄하하는 일이 있던데 결코 그렇지 않다. 그것은 어쩔 수 없이 사용하지 않을 수 없는 언어적 방편이며, 달을 가리키는 손가락일 뿐, '참나'나 '본래면목'이 진짜 있다는 말은 아니다. 물론 없다는 말도 아니다.

그러면 이렇게 유아와 무아처럼 상충되어 보이는 가르침을 설하는 이유는 뭘까? 그것은 불법의 가르침 자체가 '이것이 진리'라고 할 만한 고정된 주장이 있는 것이 아니라, 다만 중생의 헛된 분별망상과 번뇌를 부수기 위한 방편으로 설해진 것이기 때문이다.

불교의 모든 가르침은 이처럼 객진번뇌를 깨부수고, 분별망상을 조복시키기 위해 온갖 다양한 방편으로써 중생의 착각과 망상, 치우친 견해를 바로잡아 주고 있는 것일 뿐이다.

예를 들어 '나'라는 헛된 관념에 사로잡혀 있는 사람에게는 무아를 설하고, '내가 없다'는 생각에 집착해 있는 사람에게는 '자성, 본래면목'을 설해 줌으로써 유아적인 방편을 쓴다. 유아나 무아가 실체적인 진리라서 설하는 것이 아니라, 치우친 착각과 망상분별에 사로잡힌 사람에게 임시방편으로 설하는 응병여약(應病與藥)의 가르침일 뿐인 것이다. 모든 불법의 가르침이 이와 같다.

불교는 '이것이 진리다'라고 내세울 만한 어떤 특정한 진리를 주장하지 않는다. 『금강경』의 '이 법은 본래 얻을 것이 없다'거나, 육조 스님의 '본래무일물', 황벽 스님의 '본래 부처에게는 진실로 한

물건도 없다'거나, 백장 스님의 '부처는 구함이 없는 사람이니 구하면 도리에 어긋난다', '원래 부처란 없으니, 부처라는 견해를 내지 마라. 부처란 중생에게 사용하는 약이다'라거나, 또 임제의 '구할 수 있는 부처도 없고, 이룰 수 있는 도도 없고, 얻을 수 있는 법도 없다'는 말, 대혜 종고의 '모든 부처님이 세상에 나오시고 조사가 서쪽에서 왔지만, 역시 전해 줄 수 있는 법은 하나도 없다.'고 했던 말들이 모두 이것을 설하는 말이다. 그러니 참나는 있다고 할 수도 없고 없다고 할 수도 없다. 오직 중도로써 설할 뿐이다.

불교의 핵심 교리인 공사상과 무아, 무자성, 연기, 중도 또한 이러한 사실을 드러낸다. 공, 무아, 무자성, 중도, 연기는 이러한 교리가 진리라고 주장하기 위한 것이 아니다. '이것이 진리다'라고 주장할 것이 없고, 텅 비어 있으며, 자아도 없고, 자성도 없고, 다만 연기된 것일 뿐이기에 '있다'거나 '없다'라고 고정되게 보면 안 된다고 설하는 것이다.

이처럼 불교의 모든 방편, 모든 언어로써 설해 놓은 가르침들은 전부 다 허망한 분별망상을 깨부수기 위한 방편일 뿐, 그 방편에는 진실이 없다. 강을 건너고 나면 전부 버려야 할 것들이다. 불성, 자성, 본래면목, 무아, 진아, 전부 다 버려야 할 세속제의 방편일 뿐이다. 그럼에도 우리는 무아와 참나라는 이 방편의 말에 집착해 옳으니 그르니 시비한다. 무아가 옳으냐 진아가 옳으냐는 시비야말로 중도적이지 않은, 대표적인 분별심이다.

내 안에
삶의
나침반이 있다

초판 1쇄 펴냄 2016년 12월 1일
초판 7쇄 펴냄 2023년 2월 23일

글 법상
그림 용정운
발행인 정지현
편집인 박주혜

펴낸곳 아름다운인연
출판등록 제2003-000120호(2003.07.03.)
주소 서울시 종로구 삼봉로 81 두산위브파빌리온 1308호
전화 02-720-6107 **팩스** 02-733-6708
구입문의 불교전문서점 향전(www.jogyebook.co.kr) 02-2031-2070

글 ⓒ 법상 스님. 2016
그림 ⓒ 용정운. 2016

ISBN 979-11-955228-5-9 03810
값 17,000원